Scherz-classic-Krimi 277

Von Erle Stanley Gardner sind erschienen:

Nr. 110 Das Mädchen vom Golfplatz
Nr. 115 Der Blutsauger
Nr. 137 Der unerwünschte Nachbar
Nr. 152 Rache in bar
Nr. 159 Handel mit dem Schicksal
Nr. 165 Geschäftsmann mit Vergangenheit
Nr. 178 Frühstück für eine Million
Nr. 184 Party der Unschuldsengel
Nr. 199 Roter Drache, weiße Weste
Nr. 219 Die kalte Spur
Nr. 277 Zu treuen Händen
Nr. 351 Katzen haben scharfe Krallen
Nr. 372 Schuß nach Mitternacht
Nr. 451 Die schwarze Limousine
Nr. 458 Motten im Nerz
Nr. 476 Der nervöse Komplice
Nr. 488 Was wußte Diana?
Nr. 521 Der Mann im Smoking
Nr. 529 Das Geheimnis des Kanarienvogels
Nr. 536 Die schönsten Beine von Cloverdale
Nr. 550 Die seltsame Nixe
Nr. 553 Das vertauschte Gesicht
Nr. 557 Der goldene Köder
Nr. 565 Die seltsame Braut
Nr. 570 Der heulende Hund
Nr. 576 Schlafwandlers Nichte
Nr. 584 Der vertauschte Casanova
Nr. 597 Die Pfotenspur
Nr. 608 Wohin fuhr der Tote
Nr. 618 Die falschen Würfel

# Erle Stanley Gardner

# Zu treuen Händen

**Scherz**

Bern - München - Wien

Einzig berechtigte Übertragung
aus dem Amerikanischen von Elisabeth Simon
Titel des Originals: »The Case of the Troubled Trustee«
Schutzumschlag von Heinz Looser

4. Auflage 1978, Nr. 277

Gesamtherstellung: Ebner, Ulm

# 1

Perry Mason kam ins Büro und grinste Della Street an. »Etwas Besonderes unter der Post, Della?«
Sie deutete auf den Stapel Briefe auf Masons Schreibtisch. »Das Übliche. Leute, die etwas von Ihnen wollen.«
»Was?«
»Daß Sie Reden halten, Empfehlungsbriefe schreiben, einen persönlichen Gegenstand für eine Auktion stiften . . .«
»Und was gibt es sonst Neues?«
Della Street schnitt eine Grimasse. »Wenn Sie Wert darauf legen, daß mit Gertie, Ihrer romantischen Telefonistin, heute überhaupt etwas anzufangen ist, dann schaffen Sie Kerry Dutton aus der Anmeldung.«
»Und wer ist Kerry Dutton?«
»Ein junger Mann, unaufdringlich elegant, feingeschnittenes Profil, braunes welliges Haar, stahlgraue Augen und sehr sympathischer Mund. Trägt wahrscheinlich Größe sechsundvierzig, hat auffallend schmale Hüften und macht Gertie halb verrückt. Sie starrt ihn pausenlos an.«
»Was will er denn?«
»Das ist ja das Geheimnis. Laut Visitenkarte ist er Anlageberater. Er möchte Sie in einer ganz persönlichen, dringenden Angelegenheit sprechen.«
»Ich will kein Geld investieren«, sagte Mason. »Ich . . .«
»Es handelt sich um eine juristische Beratung«, fiel Della ihm ins Wort.
»Ich bin Strafverteidiger, vor allem in Mordfällen«, sagte Mason. »Was soll ich denn mit einem Anlageberater?«
»Das habe ich ihm bereits zu verstehen gegeben«, erklärte Della Street.
»Er hat Ihnen nicht gesagt, worum es sich dreht?«
»Nein. Nur, daß es eine rein persönliche Angelegenheit ist, die streng vertraulich und mit viel Fingerspitzengefühl behandelt werden muß.«
»Ich werde ihn mir einmal ansehen«, sagte Mason. »Dann verschwindet er wenigstens vor Gerties anhimmelnden Blicken. Wie alt ist er, Della?«
»Einunddreißig oder zweiunddreißig, würde ich sagen.«
»Und seine Schuhe sind sicher geputzt, seine Nägel gepflegt, seine Krawatte ist makellos und sein Auftreten einwandfrei.«

»Wie von einem Anlageberater zu erwarten«, meinte Della Street.
Mason wurde plötzlich nachdenklich. »Verflixt«, sagte er. »Vielleicht tue ich dem Kerl unrecht. Rufen Sie ihn herein, Della. Wir wollen einmal sehen, was er auf dem Herzen hat.«
Della Street nickte, verließ das Büro und kam kurz darauf mit Kerry Dutton zurück.
»Mr. Dutton, Mr. Mason«, stellte sie vor.
Mason sah in die offenen grauen Augen, musterte seinen Besucher rasch von Kopf bis Fuß, und stand auf, um ihm die Hand zu schütteln. »Guten Tag, Mr. Dutton.«
»Es ist mir eine große Ehre«, erwiderte Dutton. »Verzeihen Sie, daß ich unangemeldet gekommen bin, Mr. Mason, aber die Angelegenheit ist äußerst dringlich.«
»Erzählen Sie mir in großen Zügen, worum es sich handelt«, sagte Mason. »Ich höre, daß Sie mich als Anwalt sprechen wollen.«
»Allerdings.«
»Ich arbeite vorwiegend auf anderen Gebieten und bezweifle, ob ich Ihnen helfen kann. Wahrscheinlich vergeuden Sie Ihre und meine Zeit.«
»Sie sind doch Strafverteidiger, nicht wahr?«
»Ja.«
»Dafür möchte ich Sie gewinnen.«
»Wer ist der Verbrecher?« fragte Mason.
Dutton deutete mit dem linken Zeigefinger auf seine Brust.
Mason musterte seinen Besucher mit ruhigem, eindringlichem Blick. »Sie waren in Haft und sind gegen Kaution freigelassen worden?«
Dutton verneinte. »Ich war nicht in Haft. Deshalb bin ich zu Ihnen gekommen. Ich möchte es vermeiden, eingesperrt zu werden.«
»Haben Sie Gelder veruntreut?«
»Ja.«
»Von wem?«
»Vom Konto einer gewissen Desere Ellis.«
»Wieviel haben Sie veruntreut?«
»Einseitig betrachtet, handelt es sich um eine Viertelmillion Dollar.«
Mason schüttelte den Kopf. »Jeder Mensch hat das Recht, vor Gericht zu stehen. Und jeder Mensch hat das Recht, verteidigt

zu werden. Aber ein Anwalt ist kein Komplice. Auf Grund der Tatsachen, die Sir mir eben berichtet haben, kommen Sie nicht nur mit absoluter Sicherheit ins Gefängnis, sondern ich müßte – falls ich Ihr Anwalt wäre – den Hörer abnehmen und die Polizei verständigen.«

»Warten Sie einen Moment; Sie kennen die Einzelheiten nicht.«

»Was Sie selber zugeben, sagt mir genug.«

»Darf ich Ihnen die Geschichte auf meine Art erklären?«

Mason sah auf die Armbanduhr. »Ich gebe Ihnen zwei Minuten. Ich habe viel zu tun. Ihr Fall gefällt mir nicht, und Sie ebensowenig.«

Dutton wurde rot.

Mason forderte ihn nicht auf, Platz zu nehmen, und Dutton blieb stehen.

»Templeton Ellis, der Vater von Desere Ellis, war einer meiner Kunden«, sagte er. »Er ist vor vier Jahren gestorben. Beim Tod ihres Vaters war Desere dreiundzwanzig und verkehrte mit einer Clique von jungen Leuten, die Mr. Ellis nicht paßten.

Er hinterließ ein Testament, in dem er mich als Verwalter für sein gesamtes Vermögen einsetzte und Desere, der einzigen Erbin, eine Art Unterhaltsfonds zusprach – auf die Dauer von vier Jahren. Deseres monatliche Zuwendungen zur Finanzierung ihres Lebensunterhaltes waren meinem Ermessen überlassen. Ich allein bekam die Entscheidungsfreiheit übertragen, das Recht zu verkaufen und neu zu investieren. Ich konnte ohne Einwilligung der Erbin handeln.«

»Ich verstehe«, sagte Mason. »Er hat Ihnen absolute Vollmacht übertragen.«

»Ja, um seine Tochter vor sich selbst zu schützen.«

»Und was hat er unternommen«, fragte Mason zynisch, »um seine Tochter vor Ihnen zu schützen?«

»Nichts.«

Masons Schweigen sprach Bände.

»Das Vermögen, das er hinterlassen hat«, fuhr Dutton fort, »belief sich auf rund hunderttausend Dollar. In den vier Jahren seit seinem Tod habe ich der Erbin ungefähr hundertundzehntausend Dollar ausbezahlt.«

Mason runzelte die Stirn. »Ich denke, Sie haben eine Viertelmillion unterschlagen?«

»In gewisser Weise – ja.«

»Das verstehe ich nicht.«
»Deseres Vater wollte, daß die Wertpapiere, die er hinterließ, unangetastet bleiben, aber ich hatte die Vollmacht, zu kaufen und zu verkaufen. Gut, ich habe gekauft und verkauft.
Mr. Ellis' bevorzugte Aktien waren eine Fehlspekulation. Es handelte sich um Anteile der Steer Ridge Oil & Refining Company. Ich habe sie verkauft, ohne jemand davon in Kenntnis zu setzen. Außerdem habe ich andere schlechte Papiere abgestoßen, die Deseres Vater mehr aus Sentimentalität, als aus gesundem Geschäftssinn behalten hatte«, erklärte Dutton. »Den Erlös habe ich zu ungefähr gleichen Teilen gedrittelt. Ein Drittel habe ich in erstklassigen Wertpapieren angelegt, eines in Aktien, die meines Erachtens große Ertragschancen hatten, und das letzte habe ich zu Immobilienspekulationen benützt. Ich habe Grundstücke gekauft und verkauft, den Gewinn zu neuen Spekulationen benützt und dabei eine Viertelmillion Dollar netto verdient. Die ganzen Geschäfte liefen unter meinem Namen.«
»Und die Steuern?«
»Es lief ja alles unter meinem Namen. Die Kapitalzuwachssteuer habe ich aus dem Gewinn bezahlt.«
»Und die Jahresabrechnungen?«
»Ich habe nie eine gemacht, und die Erbin hat nie danach gefragt.«
»Wollte sie denn nicht wissen, was mit ihrem Geld geschieht?«
»Sie bildet sich ein, es zu wissen. Sie glaubt, daß das Mündelvermögen erschöpft ist. Seit ich es verwalte, habe ich ihr über zweitausend Dollar im Monat ausbezahlt.«
»Hat sie etwas von dem Geld gespart?«
»Gespart? Nie im Leben. Sie hat alles ausgegeben und hat wahrscheinlich obendrein noch Schulden. Desere ist leicht zu beeinflussen und kümmert sich um viele Dinge, die es nicht wert sind.«
Mason begegnete Dellas Blick. »Ich verstehe«, sagte er.
Dutton sah ihn gespannt an. »Das hoffe ich.«
Mason musterte seinen Besucher abschätzend. »Sie haben sich eine ganze Reihe von Verstößen gegen das Gesetz zuschulden kommen lassen. Sie haben ein Vermögen, das sie treuhänderisch verwalten sollten, nicht von Ihrem eigenen getrennt; Sie haben Geld unterschlagen; Sie haben ihren ehemaligen Kunden, Mr. Ellis, betrogen und Vertrauensbruch begangen.«

»Genau. Aber ich hielt das für das einzig Richtige.«
»Und was soll ich jetzt unternehmen?«
»In drei Monaten läuft die Treuhänderschaft ab. Zu dem Zeitpunkt muß ich eine Abrechnung vorlegen und Desere auszahlen.«
»Und ich nehme an, daß Sie dazu nicht in der Lage sind.«
»Wieso nicht?« fragte Dutton erstaunt. »Alles ist in bester Ordnung. Die Grundstücke sind lediglich auf meinen Namen eingetragen.«
Mason sah ihn nachdenklich an. »Nehmen Sie Platz«, forderte er Dutton plötzlich auf.
»Vielen Dank«, sagte Dutton und setzte sich.
»Und jetzt erzählen Sie mir einmal, welches der eigentliche Grund war.«
»Ich habe mein Bestes getan«, erklärte Dutton, »Deseres Interessen zu wahren. Einhunderttausend Dollar sind kein Vermögen und doch sehr viel Geld.
Als ihr Vater starb, war Desere von Leuten umgeben, die lange Haare und Bärte hatten, schmutzige Fingernägel — lauter linksgerichtete intellektuelle Wirrköpfe, die auf die reiche Erbin herabsahen. Sie lebten von ihrem Geld, behandelten sie gönnerhaft und hielten sie für spießig. Desere gab sich die größte Mühe, ihnen nachzueifern und dadurch ihre Achtung zu erringen. Sie nahmen zwar ihr Geld, betrachteten sie aber trotzdem immer als Außenseiter. Sie ist sehr sensibel, leicht verletzlich und einsam und wollte unbedingt dazugehören. Ihr Vater hoffte, daß sie in den vier Jahren zu einem reiferen Urteil gelangen würde.«
»Und um sie vor solchen Freunden zu schützen, hat ihr Vater die Sache mit dem Unterhaltsfonds testamentarisch verfügt?«
»Ja, er wollte sie vor sich selbst schützen. Es war zweifellos sein Wunsch, daß ich sie kurzhalten und durch finanziellen Druck dazu zwingen sollte, diese Freunde aufzugeben und sich einen neuen Kreis zu suchen. Das hat er mir vor seinem Tod angedeutet.«
»Warum haben Sie nicht nach seinen Wünschen gehandelt?«
»Weil das die falsche Art gewesen wäre, meine Karten auszuspielen«, sagte Dutton. »Solange Desere für diese Leute die reiche Erbin war, würde man sie finanziell ausnutzen. Ich wollte ihre Freunde glauben machen, daß das Vermögen aufgebraucht ist.«

»Und dafür sind Sie das Risiko eingegangen, ins Gefängnis zu wandern?«
»Das sollen Sie ja gerade verhindern«, sagte Dutton.
»Und wenn Sie nun gestorben wären?«
»Ich erfreue mich bester Gesundheit und habe nicht die Absicht, in nächster Zukunft zu sterben.«
»Wöchentlich werden Hunderte von Menschen auf den Schnellverkehrsstraßen zu Tode gefahren. Keiner davon hat die Absicht zu sterben, wenn er sich hinter das Steuer setzt.«
Dutton grinste. »Ich bin einer von denen, die den Wochenendverkehr nicht mit dem Leben bezahlen mußten.«
Mason sah Dutton an. »Sie sind noch jung.«
»Das kommt darauf an, was Sie unter jung verstehen. Ich halte mich für ziemlich erwachsen. Ich bin zweiunddreißig.«
»Und Desere?«
»Sie wird in einigen Monaten siebenundzwanzig.«
»Demnach waren Sie Ende Zwanzig, als Sie die Vermögensverwaltung übernahmen.«
Dutton wurde rot. »Richtig«, sagte er.
»Lieben Sie das Mädchen so sehr?« fragte Mason.
»Wie bitte?« Dutton richtete sich entrüstet auf.
»Sie haben Ihre Karriere noch vor sich und scheinen bemerkenswerte Fähigkeiten für Ihren Beruf zu besitzen. Um Desere Ellis zu beschützen und sie davor zu bewahren, das Opfer von Mitgiftjägern zu werden, haben Sie Ihre ganze berufliche Karriere aufs Spiel gesetzt und offensichtlich rein gar nichts dabei gewonnen.
Jetzt sprechen Sie mit einem Anwalt. Wir Anwälte gelten nicht gerade als besonders naiv; also erzählen Sie mir lieber die wirkliche Geschichte.«
Dutton seufzte, sah Della Street verlegen an und platzte heraus: »Also, ich liebe sie. Ich habe sie schon immer geliebt und möchte nicht, daß sie es beim jetzigen Stand der Dinge erfährt.«
»Wieso?«
»Weil sie mich mit ganz anderen Augen sieht. Ich bin für sie eine Art großer Bruder; oder Onkel. Ich spreche nicht ihre Sprache und passe nicht zu den Leuten, die ihr gefallen. Im Moment betrachtet sie mich nur als den Verwalter ihres Geldes. Ihre Freunde halten mich für einen Spießer.«
»Waren Sie vor vier Jahren schon so erfolgreich, daß Deseres

Vater die Finanzangelegenheiten seiner Tochter lieber in Ihren Händen wissen wollte als in denen eines erfahrenen und älteren Bankfachmanns?«

Dutton zögerte. »Also gut ... Ihr Vater wollte ... Mein Gott, er mochte mich eben gern. Er dachte, daß ich einen positiven Einfluß auf Desere ausüben könnte ... Sie zog mit dieser verrückten Horde umher und war außer Rand und Band.«

»Und ihr Vater hoffte, wenn sie in Geldangelegenheiten oft zu Ihnen kommen mußte, würde sie sich in Sie verlieben?«

»Ich glaube, daß das bis zu einem gewissen Grad stimmt. Er kannte meine Gefühle für sie und wollte ein wenig nachhelfen. Aber er hatte die menschliche Natur nicht einkalkuliert und erreichte genau das Gegenteil. Sie hält mich für geldgierig, und der Altersunterschied bekam tiefere Bedeutung.«

»Sie lieben das Mädchen seit vier Jahren?«

»Seit fünf.«

»Und haben Sie es ihr nie gesagt?«

»Doch, natürlich. Vor über vier Jahren.«

»Und was meinte sie?«

»Daß ich ihr leid täte. Sie sagte, ich hätte mir ein synthetisches Gefühl für sie zurechtgemacht. Ich solle sie als jüngere Schwester betrachten. Falls ich mich aber auf die verrückte Idee, in sie verliebt zu sein, versteifen würde, könne sie mich nicht mehr sehen. Das würde unsere Freundschaft zerstören.«

»Und Sie haben sie als Schwester betrachtet?«

»Ich habe gewartet.«

»Ahnte ihr Vater, daß er nicht mehr lange zu leben hatte?«

»Ja, er wußte es. Die Ärzte hatten ihm acht Monate gegeben. Sie waren zu optimistisch. Nach sechs Monaten starb er.«

»Und jetzt meinen Sie, daß das Testament und der Unterhaltsfonds sich nicht so ausgewirkt haben, wie er es erhofft hatte.«

»Genau das Gegenteil trat ein«, sagte Dutton. »Ein paar Monate lang war Desere so gekränkt und wütend, daß sie kaum mit mir sprach. Sie fühlte sich von ihrem Vater zurückgestoßen und beleidigt und auch nach seinem Tode noch unterjocht. Sie ist sehr temperamentvoll und läßt sich nicht leicht zügeln. Und wenn sie in Wut gerät, möchte sie am liebsten kratzen und beißen. Nachdem das Testament eröffnet und verlesen war, glaubte sie sich von ihrem Vater in die Ecke gedrängt und fing an zu kratzen und zu beißen.«

»Und Sie waren vermutlich das Opfer.«
»Genau.«
»Sie waren der Meinung, daß Sie durch Veruntreuungen alles ins Lot bringen könnten?«
»Ich habe mich nicht bemüht, alles ins Lot zu bringen, sondern zu verhindern, daß alles in die Brüche geht.«
»Auf welche Weise?«
»Wenn Desere die Wahrheit gewußt hätte, wäre sie das Opfer von Schmarotzern geworden. Selbst jetzt noch existiert so ein Beatniktyp, der ihr nicht von der Seite weicht. Er will sie heiraten und die paar tausend Dollar verwalten, die sie bei der Auflösung des Unterhaltsfonds ausbezahlt bekommt.«
Mason lächelte. »Sie finden, daß er nicht der richtige Mann für Desere ist?«
»Wenn er sie heiratet«, antwortete Dutton finster, »weiß ich nicht, was ich tun werde, aber jemand müßte den Kerl umbringen.«
Mason sah Dutton nachdenklich an. »Vielleicht sollten Sie in Ihren Liebesaffären ein bißchen aggressiver sein.«
»Ich muß noch etwas auf Zeit spielen.«
»Aber das tun Sie doch schon seit vier Jahren ohne Erfolg.«
»Seit fünf«, verbesserte Dutton. »Ich hoffte, daß der Altersunterschied zwischen uns mit den Jahren unerheblich werden würde. Ich möchte für sie nicht der ältere Bruder sein – der viel ältere Bruder.«
»Nun gut«, sagte Mason. »Ich bin froh, daß Sie das Kind wenigstens beim Namen genannt haben. Und jetzt bitte ich Sie um drei Dinge. Erstens schreiben Sie mir einen Scheck über tausend Dollar Vorschuß aus. Zweitens unterzeichnen Sie eine undatierte Aufstellung über sämtliche Werte, die unter Ihrem Namen laufen, die Sie aber als Vermögensverwalter für Miss Ellis erworben haben.«
»Und drittens?« fragte Dutton.
»Versuchen Sie, Miss Ellis dazu zu bewegen, daß sie mich aufsucht. Ich möchte mit ihr sprechen.«
»Weshalb?«
»Jemand muß ihr mitteilen, daß und warum nach Auflösung des Unterhaltsfonds mehr Geld auf sie zukommt, als sie erwartet hat. Wenn Sie es ihr sagen, müssen Sie sich als Betrüger hinstellen. Wenn ich es ihr sage, kann ich Sie vielleicht als Helden hinstellen.«

»Aber Sie können ihr doch nicht mitteilen, daß ich sie liebe. Sie dürfen nicht . . .«
»Seien Sie kein Narr«, unterbrach ihn Mason. »Ich habe keine Heiratsvermittlung, sondern eine Anwaltskanzlei. Sie bezahlen mich, und ich versuche, Ihnen Scherereien zu ersparen. Ihr Liebesleben geht mich nur insofern an, als es meine Arbeit behindert.«
Dutton zog ein Scheckbuch aus der Tasche.

## 2

Als Mason am nächsten Morgen sein Privatbüro betrat, saß Della Street bereits da und öffnete die Post. Nachdenklich beobachtete er sie eine Zeitlang.
»Danke«, sagte er unvermittelt.
Sie blickte erstaunt auf. »Wofür?«
»Daß es Sie gibt. Daß Sie an allem teilhaben, so tüchtig und umsichtig sind und . . . und überhaupt.«
»Ich danke Ihnen.« Sie sah ihn weich an.
»Irgendwelche Fortschritte?«
»Wobei?« fragte sie.
»Aber, aber«, lächelte Mason. »Mir können Sie doch nichts vormachen. In unserer Romanze natürlich.«
»Im Fall Dutton?«
»Genau.«
»Bis jetzt gar nichts. Lassen Sie dem Mann ein bißchen Zeit.«
»Es steht ihm vielleicht weniger Zeit zur Verfügung, als er glaubt«, sagte Mason und ließ sich in den dickgepolsterten Sessel fallen, der für Klienten bestimmt war. Er betrachtete Della Streets anmutige Figur. Sie stand am Schreibtisch, öffnete Briefe und ordnete sie in drei Stöße – die eiligen links, die persönlich zu beantwortenden in der Mitte, und die übrigen, die sie allein erledigen konnte, rechts.
»Wollen Sie einen Rat?« fragte sie.
»Deswegen habe ich ja die Sprache darauf gebracht.«
»Sie können nicht Amor spielen«, sagte sie.
»Warum nicht?«
»Weil Sie nicht danach gebaut sind, zu viel anhaben und weder Pfeil noch Bogen besitzen.«

»Weiter im Text.«

»Manchmal«, sagte Della Street und wählte ihre Worte so sorgfältig, als ob sie sie auswendig gelernt hätte, »kennt eine Frau einen Mann ewig und sieht ihn nur in der Rolle, die er gewählt hat, ohne von ihm die leisesten romantischen Gefühle zu erwarten – es sei denn, er macht einen direkten Vorstoß.«

»Und?«

»Und deshalb hat die Natur dem Mann das Vorrecht gegeben, die Initiative zu ergreifen, und falls er dazu nicht Manns genug ist, kann es durchaus geschehen, daß die Frau in ihm nie den möglichen Liebhaber sieht.«

»Na, und weiter?« ermutigte sie Mason.

»Eins aber würde alles endgültig zerstören, wenn nämlich ein anderer für ihn die Initiative ergreift.«

»Nun gut«, erklärte Mason. »Sie haben mich gewarnt. Ich soll meine ungeschickten Finger davon lassen – das wollten Sie doch damit sagen, nicht wahr?«

Das Telefon auf Della Streets Schreibtisch klingelte.

Sie lächelte ihm flüchtig zu und nahm den Hörer ab. »Ja, Gertie, einen Moment, bitte, bleiben Sie am Apparat. Ich werde mich erkundigen.« Und zu Perry Mason gewandt: »Desere Ellis ist draußen in der Anmeldung.«

Mason zog die Augenbrauen hoch. »Die junge Dame wollen wir uns einmal ansehen, Della.«

»Ja, aber sie ist in Begleitung von Mr. und Mrs. Hedley. Es handelt sich offensichtlich um Mutter und Sohn.«

»Gehören die drei zusammen?«

Della Street nickte. »Gertie hat mir im Vertrauen zugeflüstert, daß die Mutter eine selbstsichere Person mit einem Riesenmundwerk und unsympathischen Augen ist, der Sohn ist ein richtiger Beatnik mit Bart und so kaltschnäuzig, daß Gertie eine Gänsehaut gekriegt hat. Sie kennen sie ja mit ihrer Vorliebe für Kurzcharakteristiken unserer neuen Klienten.«

»Und meistens hat sie recht. Gertie soll die drei hereinschicken.«

Della Street sagte der Telefonistin Bescheid und öffnete die Tür zum Vorzimmer.

Hedley kam zuerst herein – ein breitschultriger, junger Mann mit Vollbart, hochmütigen Augen, Sporthemd mit offenem Kragen, behaarter Brust, zerknitterten Hosen und an den bloßen Füßen Sandalen. Über dem Arm trug er ein Jackett.

Seine Mutter war ungefähr fünfzig, kleiner als ihr Sohn und ziemlich dick, hatte eine spitze Nase und lebhafte, braune Augen, die Funken zu sprühen schienen, als sie Mason musterte. Ihr Blick wanderte zu Della Street und dann weiter durch das Büro. Neben Mrs. Hedley wirkte Desere Ellis wie ein Schatten. Sie war etwas größer als der Durchschnitt, tiefgebräunt, hatte honigfarbenes Haar, ruhige blaue Augen und eine knabenhafte Figur.

»Guten Tag«, sagte der Anwalt. »Ich bin Perry Mason.«

Der junge Mann stolzierte auf ihn zu und streckte eine Hand aus. »Mein Name ist Fred Hedley. Das ist meine Mutter, Rosanna, und meine Verlobte, Miss Ellis.«

Mason nickte. »Möchten Sie nicht Platz nehmen?«

Sie setzten sich. Desere sah Della Street an.

»Meine Privatsekretärin«, erklärte Mason. »Sie macht sich bei Besprechungen Notizen und ist meine rechte Hand.«

Fred Hedley räusperte sich, aber es war seine Mutter, die sofort die Initiative ergriff.

»Desere wurde gebeten, zu Ihnen zu kommen«, sagte sie. »Wir nehmen an, daß es sich um ihr Vermögen handelt.«

»Hm«, sagte Mason unverbindlich.

»Wir würden gern Näheres wissen.«

»Worüber würden Sie gern Näheres wissen?« fragte Mason.

»Warum Desere gebeten wurde, Sie aufzusuchen«, erklärte Fred Hedley.

»Wer hat sie gebeten?« fragte Mason.

»Ihr Vermögensverwalter Kerry Dutton.«

Mason sah Hedley scharf an. »Kennen Sie ihn persönlich?«

»Ich habe ihn kennengelernt«, antwortete Hedley gleichgültig. »Ein geiziger Spießer«, setzte er hinzu, als ob Kerry Dutton damit ein für allemal erledigt sei. »Der typische Outsider.«

»Er ist ein sehr guter Freund von mir«, schaltete sich Desere Ellis ein. »Mein Vater hatte größtes Vertrauen zu ihm.«

»Vielleicht zu viel«, fauchte Mrs. Hedley.

»Mein Vater fand, daß ich nicht mit Geld umgehen kann. Er hat eine beträchtliche Summe hinterlassen und Kerry als Vermögensverwalter eingesetzt. Vier Jahre lang sollte ich genug Geld zum Leben bekommen, aber wieder nicht genug, um es zum Fenster hinauszuwerfen und plötzlich ohne einen Cent dazustehen. Ich glaube, mein Vater hatte mehr Angst davor, ich könnte es verspielen, als vor allem anderen.«

»Ich verstehe«, bemerkte Mason. »Sind Sie eine Spielernatur, Miss Ellis?«
Sie lachte nervös. »Vater war wohl der Meinung. Er hat mir alles zugetraut.«
»Der Grund, warum wir hier sind, ist folgender«, schaltete sich nun wieder Mrs. Hedley ein. »Der Vermögensverwalter scheint sich endlich für die Idee einer Stiftung zu erwärmen.«
»Einer Stiftung?« wiederholte Mason.
»Freds Idee. Er braucht eine gewisse Summe, um —«
Fred Hedley hob die Hand. »Du brauchst ihm keine Einzelheiten zu erzählen, Mutter.«
»Ich finde, Mr. Mason sollte Bescheid wissen.«
»Dann sage ich es ihm«, erklärte Hedley.
Er sah den Anwalt an. »Sie müssen sich über eines klar sein, Mr. Mason«, begann er. »Ich ziehe zwar mit Schriftstellern und Künstlern herum, bin aber im Grunde ein praktischer Mensch, der mit beiden Beinen auf der Erde steht, der geborene Manager.«
Durch sein Thema in Fahrt gebracht, stand er auf, beugte sich vor und stützte beide Hände auf Masons Schreibtisch.
»Der Haken bei unserer Kultur ist, daß sie sich nicht organisch entwickeln kann, sondern immer mehr versandet.
Ich glaube, die Welt hat langsam begriffen, daß jedes Land seine eigenen Genies hervorbringen muß. In Amerika aber ist das nicht möglich, weil das Genie sich nicht entfalten kann, sondern verhungert.
Schauen Sie sich die Künstler, die Dichter und Schriftsteller an. Ich meine ja gar nicht, Mr. Mason, daß ihnen jemand helfen soll. Alles, was sie brauchen, ist, in Ruhe gelassen zu werden — sie müssen frei sein, um ihre Talente entwickeln zu können.«
»Und das können sie nicht?«
»Nein, weil sie nicht gleichzeitig ihren Lebensunterhalt verdienen können. Sie verhungern. Und mit leerem Magen kann man nichts Produktives schaffen.«
»Und wie sieht hier Ihr Plan aus?« erkundigte sich Mason.
»Ich möchte aufstrebende Dichter, Schriftsteller, Künstler und Philosophen unterstützen.«
Mason wandte sich an Desere Ellis. »Beabsichtigen Sie, seine Ideen zu finanzieren?«
»Ich wollte, ich könnte es, aber ich sehe keinen Weg. Wie ich den Hedleys bereits gesagt habe, ist Vaters Vermögen fast

aufgebraucht. Manchmal wünsche ich mir sogar, Kerry Dutton wäre strenger mit mir gewesen und hätte sich mehr nach den Anweisungen meines Vaters gerichtet.«
»In welcher Beziehung?«
»Er hätte mir nicht so viel Geld geben sollen.«
»Mit dem Sie verschwenderisch umgegangen sind?«
Sie machte eine kleine Geste. »Ja. Ich habe mehrere Reisen nach Europa unternommen, habe mir immer wieder neue Autos gekauft, neue Kleider und so weiter. Ich habe alles verbraucht. Wenn man sich einmal daran gewöhnt hat, Geld auszugeben, kann man es nicht mehr lassen, Mr. Mason.«
»Und Dutton hat Ihnen dazu die Mittel zur Verfügung gestellt?«
»Ich glaube, er wollte mir eben in diesen vier Jahren ein Luxusleben gönnen, und das ging auf Kosten des Vermögens, das mein Vater mir hinterlassen hat.«
»Und jetzt?«
»Jetzt muß ich mich ernsthaft mit der Frage befassen, wie ich meinen Lebensunterhalt verdienen kann.«
»Haben Sie bei Dutton protestiert?«
»Protestiert?« Sie lachte. »Dauernd.«
»Weil er Ihnen so viel Geld gegeben hat?«
»Nein, weil er mir nicht genug gegeben hat. Ich habe ihm immer wieder vorgehalten, daß kein Mensch weiß, ob ich nach vier Jahren noch am Leben bin. Man soll das Leben genießen, habe ich ihm gesagt, sich alles anschauen und sich erst dann aufregen, wenn es wirklich soweit ist.«
»Wenn Sie mich fragen, Mr. Mason«, sagte Fred Hedley, »war das eine unmögliche Vermögensverwaltung. Besonders bei einem Unterhaltsfonds. Mr. Ellis kannte Deseres Schwächen und wollte sie davor bewahren. Wenn Dutton seine Aufgabe richtig erfüllt hätte, stünde uns jetzt viel mehr Geld für unsere Stiftung zur Verfügung.«
Mason lächelte freundlich, was seinen Worten die Spitze nahm. »Ich habe Sie aber nicht gefragt«, erklärte er.
Hedley wurde rot.
Mrs. Hedley schaltete sich wieder ein. »Was haben Sie uns also mitzuteilen, Mr. Mason?«
»Nichts.«
»Nichts?«
Der Anwalt machte eine bedauernde Geste.

»Warum sind wir dann überhaupt hier?« fragte Fred Hedley.
»Ich dachte, daß Sie mir das vielleicht sagen könnten«, meinte Mason.
Das Trio tauschte Blicke aus.
»Kerry Dutton hat mich gestern abend angerufen«, erklärte Desere Ellis endlich. »Er sagte mir, daß er Sie als Anwalt genommen habe, und machte mir den Vorschlag, Sie aufzusuchen, um Sie erst einmal kennenzulernen.«
»Hat er Ihnen auch vorgeschlagen, die Hedleys mitzubringen?«
»Nein, das war meine Idee.«
»Warum«, fragte Mrs. Hedley, »braucht er einen Anwalt, wenn das Geld aufgebraucht ist und doch wohl selbstverständlich genaue Abrechnungen vorliegen? Er muß doch nur noch den Rest übergeben, für den ihm Desere eine Quittung ausstellen wird.«
»Bei so was gibt es eine Menge juristische Kniffe«, bemerkte Fred Hedley. »Ich kann mir schon vorstellen, warum er einen Anwalt braucht. Aber ich verstehe nicht, wieso er Desere zu diesem Besuch veranlaßt hat.«
»Vielleicht kam er nicht auf die Idee, daß Sie gleich zu dritt auftauchen würden«, sagte Mason.
»Da haben Sie vielleicht recht«, gab Hedley zu. »Nach Duttons Worten nahmen wir natürlich an, daß Sie uns etwas mitzuteilen hätten. Meiner Berechnung nach müssen noch an die fünfzehntausend Dollar übrig sein. Und wenn das auch nicht genug ist, um unseren Plan auszuführen, so wäre es zunächst doch eine gewisse Starthilfe. Desere muß natürlich einige Opfer bringen, aber das ist ja in jedem Fall drin. Persönlich bin ich der Meinung, daß es eine Schande ist, wie sinnlos sie das Geld hinausgeworfen hat — für nichts und wieder nichts. Schließlich hätte es einem wirklich nützlichen Zweck dienen können.«
»Sie schätzen also, daß fünfzehntausend Dollar übrig sind?«
»Von dem Vermögen? Ja.«
»Und wie kommen Sie auf diese Summe?«
»Wir kennen die ursprüngliche Summe, wir wissen, was Desere verbraucht hat, und wir können uns ungefähr ausrechnen, was an Zinsen eingegangen ist.«
»Wieviel haben Sie in den letzten zwölf Monaten bekommen?« wandte sich Mason an Desere Ellis. »Das dürfte wohl kein Geheimnis sein.«
»Nein, weiß Gott nicht«, antwortete sie. »Ungefähr den Rest.

Als Kerrys Anwalt müßten Sie das wissen.« Dabei sah sie ihn scharf an.
»Ich habe mit Mr. Dutton bisher nur eine Vorbesprechung gehabt«, erklärte Mason. »Wir sind nicht ins Detail gegangen.«
»Und die Abrechnung?« fragte Hedley.
»Ist noch nicht soweit.«
»Ich habe in den letzten vier Jahren etwa zweitausend Dollar monatlich bekommen. In letzter Zeit hat Kerry mehrfach angedeutet, daß beim Abschluß ein Überschuß an mich ausgezahlt wird. Nach meinen Berechnungen dürften an die fünfzehntausend Dollar übrig sein. Vielleicht sogar etwas mehr, denn Kerry hat mir gesagt, daß er eine kleine Überraschung für mich hat.«
»Genaueres haben Sie ihn nicht gefragt?«
»Ich habe ihn nie viel gefragt«, sagte sie nachdenklich. »Er ruft mich an, schickt mir Schecks und . . . kritisiert.«
»Was?«
»Zum Beispiel meine Freundschaft mit den Hedleys«, fauchte sie.
»Oder meine Art zu leben.«
»Sie haben also zweitausend Dollar im Monat ausgegeben?«
»Nicht in letzter Zeit«, erklärte sie. »Langsam bekomme ich es nämlich mit der Angst zu tun.«
»Was wollen Sie damit sagen?«
»Daß ich versuche, mir etwas auf die Seite zu legen.«
»Wenn du dein Appartement aufgeben und etwas bescheidener leben würdest, könnte die Abschlußzahlung Freds Stiftung sehr viel weiterhelfen«, sagte Mrs. Hedley spitz.
Desere Ellis schüttelte den Kopf. »Ich bin durchaus dafür, daß diese Stiftung ins Leben gerufen wird«, sagte sie. »Aber mein Geld brauche ich für einen Kursus an einer Handelsschule. Ich muß mir schließlich meinen Lebensunterhalt verdienen können. Ich habe lange genug das Playgirl gespielt.«
Fred Hedley sah sie erstaunt an. »Heißt das, daß du ein Herdentier werden willst? Eine kleine Spießerin?«
»Ich will mich darauf vorbereiten, die Verantwortung für mein Leben zu übernehmen, das heißt es.«
»Mit dem Erfolg, daß du lediglich ein Rädchen im Geschäftsgetriebe wirst«, meinte Hedley mißbilligend. »Im Handumdrehen hast du den Kontakt mit deinen Freunden verloren und

bist ein Lohnsklave geworden, der hinter einem Schreibtisch hockt und den ganzen Tag auf einer Maschine klappert. Damit bist du erledigt.«
Mason grinste. »Setzen Sie Sekretärinnen nicht herab, Mr. Hedley«, sagte er. »Sie sind unbezahlbare Wesen, und ich kann Ihnen nur versichern, daß gute kaum zu finden sind. Heutzutage muß man erst einmal eine bekommen und sie lange Zeit ausbilden. Miss Street ist meine rechte Hand. Ohne sie wäre ich verloren.«
Er wandte sich an Desere Ellis. »Ich weiß nicht, warum Mr. Dutton Sie gebeten hat, mich aufzusuchen. Ich übernehme Mr. Duttons Vertretung und bin jederzeit bereit, mich mit *Ihnen* zu unterhalten.«
Sie nickte.
»Aber«, fuhr Mason fort, »als Duttons Anwalt bin ich im Moment nicht in der Lage, eine Erklärung über unsere Beziehungen oder seine Angelegenheiten abzugeben. Ich möchte, daß er bei jedem Gespräch mit Ihnen anwesend ist.«
»Meine Güte«, sagte sie, »Sie brauchen nichts vertraulich zu behandeln, solange es das Erbe meines Vaters betrifft. Der Fall liegt für mich völlig klar. Ich habe Buch geführt; ich weiß, wieviel ich geerbt und wieviel ich ausgegeben habe.«
»Wurden irgendwelche neue Investitionen gemacht?« fragte Mason.
»Ich glaube nicht. Vater hinterließ Aktien und andere Wertpapiere. Kerry mußte ein paar davon verkaufen, um mir meinen monatlichen Wechsel regelmäßig ausstellen zu können. Aber es hat Dividenden und Wertzuwachs gegeben. All das habe ich überprüft.«
»Wir haben die Aktien und Wertpapiere durchgesehen«, erklärte Hedley, »und uns die Dividenden, Zinsen und Verkaufspreise ausgerechnet.«
»Aha. Und wann fangen Sie mit Ihrem Handelsschulkurs an, Miss Ellis?«
»Morgen.«
Mason nickte beifällig und schwieg beharrlich.
Hedley stand auf, Desere Ellis ebenfalls. Mrs. Hedley zögerte einen Moment, dann wuchtete auch sie sich aus ihrem Sessel hoch.
»Vielen Dank für Ihren Besuch«, sagte Mason.
Della Street hielt die Tür auf, und sie verließen das Büro.

Als sie wieder allein waren, wandte sich Mason beunruhigt an seine Sekretärin. »Wahrscheinlich vergehe ich mich unentwegt gegen das Berufsethos«, sagte er. »Aber ich fürchte, daß ich bereits im gleichen Fahrwasser schwimme wie Kerry Dutton, der dabei ja den Boden unter den Füßen verloren hat.«
»Soll das heißen, daß Sie sich in das Mädchen verlieben?« fragte Della Street lächelnd.
»Vermutlich ist man immer versucht, den lieben Gott zu spielen ...«
»Und was wollen Sie tun? Ihr etwa die Wahrheit sagen?«
Mason dachte kurz nach. »Ich bin nicht das Gewissen meines Klienten«, erklärte er schließlich, »sondern sein Anwalt.«

## 3

Als Mason am nächsten Morgen sein Büro betrat, hielt ihm Della Street die aufgeschlagene Zeitung entgegen.
»Was ist das?« fragte der Anwalt. »Der Wirtschaftsteil?«
»Lesen Sie nur. Wenn ich mich nicht irre, gibt es jede Menge Scherereien.«
Mason las den Absatz, auf den sie deutete.

*Wie gestern abend verlautete, hat die Steer Ridge Oil & Refining Company eine neue Ölquelle im Gebiet von Crystal Dome entdeckt. Der Kurswert der Aktien dieser Gesellschaft war in den letzten Jahren ständig gesunken. Jarvis Reader, der Direktor der Gesellschaft, rechnet damit, daß die Nachricht über den Fund eine steigende Tendenz zur Folge haben wird. Die Quelle soll auf einem völlig neuen Feld liegen, in dem eine große Ölgesellschaft kürzlich die Bohrungen eingestellt hat.*

Mason stieß einen leisen Pfiff aus. »Rufen Sie gleich mal unseren neuen Klienten Kerry Dutton an, Della.«
Sie nickte. »Ich habe seine Nummer bereits herausgesucht, weil ich mir dachte, daß Sie mit ihm sprechen wollen.«
Sie wählte und hielt den Hörer eine Weile ans Ohr, zog die Augenbrauen in die Höhe, zuckte die Achseln und wartete noch etwas, bevor sie ihn wieder auf die Gabel sinken ließ.

»Keine Antwort?« fragte Mason.
»Nein.«
»Rufen Sie meinen Börsenmakler an, Della, und bitten Sie ihn, fünfzig Aktien der Steer Ridge Oil & Refining Company zu kaufen.«
Della Street erledigte den Auftrag. »Er möchte mit Ihnen persönlich sprechen, Mr. Mason.«
Mason nahm den Apparat auf seinem Schreibtisch ab. »Ja, Steve, was gibt's?«
»Wissen Sie etwas Näheres oder probieren Sie's auf gut Glück wegen dieser Meldung in der Morgenzeitung?« fragte der Börsenmakler.
»Beides«, sagte Mason. »Warum?«
»Ich weiß nicht, was mit den Steer-Ridge-Aktien los ist«, sagte der Börsenmakler. »Sie sind wahnsinnig in die Höhe geschnellt. Offenbar hat jemand in den letzten Tagen aufgekauft, und sie sind deshalb so gestiegen. Sie waren vorher wertlos.«
»Was wissen Sie über die Gesellschaft?«
»Nicht viel. Eine Zeitlang ging sie ganz gut; dann hieß es, die Aktionäre hätten Krach miteinander. Der Direktor heißt Jarvis Reader. Eine seltsame Type, anscheinend ein Hasardeur. Er hat sich Konzessionen auf Feldern verschafft, die zwar riesig waren, aber weiter auch nichts. Unter seiner Geschäftsführung sind die Aktien beträchtlich gefallen.
Wenn es mit einer Gesellschaft immer mehr bergab geht, versucht die Geschäftsleitung, dem mit Nachrichten entgegenzuwirken, die eine Hausse hervorrufen. Das wäre ein Grund für die Zeitungsmeldung; vielleicht haben sie auch wirklich ein neues Feld erschlossen und diese Nachricht für sich behalten, um Aktien aufzukaufen. Aber es kann sich auch nur um ein Gerücht handeln. Sie haben keine genaueren Informationen?«
»Nein«, erklärte Mason. »Ich habe gehofft, von Ihnen welche zu bekommen.«
»Was ich weiß, habe ich Ihnen gesagt.«
»Okay. Kaufen Sie fünfzig Aktien für mich, egal, was sie kosten. Ich möchte Aktionär der Steer Ridge Oil & Refining Company werden.«
»Wie Sie wollen«, antwortete der Börsenmakler. »Ich möchte Sie nur warnen, sich nicht von einer Zeitungsnotiz verleiten zu lassen. Viele Aktionäre, die ihr Paket Jahre hindurch gehalten

haben, haben im letzten Jahr verkauft. Zum Teil mit erheblichem Verlust.«

»Behalten Sie die Sache im Auge«, sagte Mason. »Falls es irgendwelche überraschenden Entwicklungen gibt, lassen Sie es mich wissen.«

Der Anwalt legte auf und sah Della Street an. »Es würde mich interessieren, wie unserem Klienten jetzt zumute ist.«

»Eine berechtigte Frage. Natürlich hatte er das Recht, Aktien zu kaufen und zu verkaufen, aber die Erbin glaubt, daß sie ein Paket dieser Gesellschaft besitzt. Vielleicht läßt sie sich auf Grund dieser irrigen Annahme zu irgendwelchen Spenden an irgendwelche Beatniks hinreißen.«

Das Telefon auf Della Streets Schreibtisch klingelte.

Sie nahm den Hörer ab. »Ja, Gertie? Einen Moment. Er soll am Apparat bleiben.« Sie wandte sich an Perry Mason. »Fred Hedley möchte Sie sprechen. Es sei äußerst dringend.«

Mason zögerte, dann nickte er und nahm seinen Hörer ab.

Fred Hedley war so aufgeregt, daß sein Wortschwall kaum verständlich war. »Mr. Mason, ich habe phantastische Neuigkeiten. Einfach toll. Die Steer Ridge Oil & Refining Company hat ein neues Gebiet erschlossen und eine mächtige Ölquelle entdeckt.«

»Spreche ich mit Fred Hedley?« fragte Mason.

»Ja, Mr. Mason. Sie erinnern sich doch an mich. Ich war mit meiner Mutter und Desere Ellis bei Ihnen. Ich bin derjenige, der eine Stiftung ins Leben rufen will.«

»Ach ja. Und was hat nun die Steer Ridge Oil & Refining Company mit Ihrer Stiftung zu tun, Mr. Hedley?«

»Eine ganze Menge«, erklärte Hedley. »Zu Desere Ellis' Vermögen gehört ein beachtliches Aktienpaket der Steer Ridge Oil & Refining Company. Die Aktien steigen wie irre.«

»Das ist aber interessant. Und woher wissen Sie, daß die Aktien noch vorhanden sind?«

»Sie müssen! Deseres Vater hat besonderen Wert darauf gelegt, daß sie nur im äußersten Notfall verkauft werden.«

»War das eine Testamentsklausel?«

»Keine Ahnung«, sagte Hedley etwas gereizt. »Das müßten Sie doch wissen. Sie vertreten doch schließlich den Kerl.«

»Ich bin mit den Bedingungen bezüglich der einzelnen Wertpapiere nicht vertraut«, sagte Mason. »Sie aber scheinen es zu sein. Daher meine Frage. Sie haben mir erzählt, daß Dutton bis auf fünfzehntausend Dollar alles an Desere ausgezahlt hat. Das bedeutet, daß er etliche Aktien verkaufen mußte.«

»Aber nicht die Steer Ridge Oil & Refining Company«, meinte Hedley zuversichtlich. »Im Moment findet ein Kampf um die Wahl in den Aufsichtsrat statt. Vor zwei Wochen hat jemand bei Desere angerufen, um ihre Stimme zu kriegen. Sie hat ihn an Dutton verwiesen. Die Aktien steigen wie verrückt in die Höhe. Das Paket ist bald Hundertausende wert.«

»Ich verstehe beim besten Willen nicht, was das alles für Sie bedeutet.«

»Es bedeutet einfach, daß jetzt die nötigen Mittel zur Verfügung stehen, die ich brauche, um meinen Plan zu verwirklichen. Desere kann mich finanziell unterstützen, und ich mache mich sofort an die Arbeit.«

»Haben Sie Desere von dieser neuen Entwicklung in Kenntnis gesetzt?« fragte Mason.

»Ich habe sie noch nicht erreicht, hoffe aber, ihr als erster die erfreuliche Mitteilung machen zu können. Sie hat heute mit ihrem Kursus begonnen. Sie wissen schon, auf der Handelsschule.«

»Ach ja. Na, dann vielen Dank für Ihren Anruf.«

»Können Sie mir sagen, wo ich Kerry Dutton erreichen kann?«

»Nein.«

»Ich möchte ihn nämlich sofort anrufen, falls er die Neuigkeit noch nicht erfahren hat.«

»Haben Sie denn seine Adresse nicht?«

»Nein. Soweit hat er mich nie interessiert. Ehrlich gesagt, Mason, halte ich Ihren Klienten für eine Null. Meiner Meinung nach hat Kerry Dutton das Vermögen miserabel verwaltet.«

»Und was hätte er statt dessen tun sollen?«

»Das Vermögen erhalten, damit Desere genug Geld bleibt, um etwas Bleibendes aufzubauen. Wenn er verantwortungsbewußt gewesen wäre und Deseres Ausgaben eingeschränkt hätte, hätte sie von den Zinsen leben können.«

»Na schön. Vielen Dank für Ihren Anruf, aber ich bin nicht befugt, Ihnen die Adresse meines Klienten zu geben. Ich schlage Ihnen vor, Miss Ellis anzurufen und sie zu bitten, daß sie Dutton verständigt, er soll sich mit mir in Verbindung setzen.«

»Gut. Wie Sie wünschen. Ich wollte Ihnen ja nur einen Gefallen tun.«

»Sehr liebenswürdig. Auf Wiederhören.« Damit legte er auf.
Della Street, die das Gespräch mitstenografiert hatte, sah von ihrem Block auf. »Da scheint ja der Teufel loszusein.«
»Verflixt«, sagte Mason. »Ich hätte es an Duttons Stelle genauso gemacht — wenn die ganze Sache auch nicht hasenrein ist. Trotzdem glaube ich, daß wir ihn herauspauken können, wenn es zu einem Prozeß kommt.
Er hatte völlig freie Hand, Papiere zu verkaufen und den Erlös anderweitig anzulegen. Aber er hatte kein Recht, die Erbin im falschen Glauben zu lassen, und hätte ihr Abrechnungen vorlegen müssen. Er war nicht dazu berechtigt, Gelder aus dem Unterhaltsfonds auf seinen Namen zu überschreiben. Wenn Mrs. Hedley herausbekommt, daß das Paket der Steer Ridge Oil & Refining Company vor einem Jahr verkauft worden ist, gibt es ein Mordstheater, und ich sitze mittendrin.«
»Das scheint mir reichlich untertrieben zu sein. Was wollen Sie Desere sagen?«
»Das gleiche, was wir allen sagen«, erklärte Mason. »Wir vertreten Dutton und sonst niemand. Wir können keine Auskunft geben. Sie sollen sich an Dutton wenden, der sich seinerseits mit mir in Verbindung setzen wird.«
»Wenn er vom neuesten Stand der Dinge erfährt«, meinte Della Street, »wird er ... dann kann er auf die Dörfer gehen.«
»Und woher wissen Sie, daß er das nicht schon getan hat?«
Della Street sah ihn lange und nachdenklich an. »Stimmt«, sagte sie, »woher wollen wir das wissen?«

## 4

»Della«, sagte Mason kurz nach dem Mittagessen, »schreiben Sie bitte Kerry Duttons Name, Adresse und Telefonnummer auf. Dann rufen Sie Paul Drake in seinem Büro an. Fragen Sie, ob er einen Sprung zu mir herüberkommen kann. Setzen Sie sich außerdem mit meinem Börsenmakler in Verbindung und vergewissern Sie sich, ob ich mittlerweile Aktionär der Steer Ridge Oil & Refining Company bin.«
»Wenn hier hinter den Kulissen gespielt wird«, sagte Della Street, »haben die Eingeweihten inzwischen die beste Gelegenheit gehabt, den Aktienkurs zu beeinflussen.«

Mason lächelte. »Deshalb habe ich mich ja entschlossen, die Papiere zu kaufen, Della. Als eingetragener Aktionär habe ich das Recht, meine Interessen zu wahren.«
Della Street tippte Duttons Adresse und Telefonnummer auf eine Karte; dann rief sie die Drake-Detektei an, die sich auf derselben Etage wie Masons Kanzlei befand. Ein paar Minuten später ertönte Paul Drakes Klopfzeichen an der Tür von Masons Büro.
Paul Drake, der Leiter der Detektivagentur, ein Mann von Masons Größe, breitschultrig und gutaussehend, bemühte sich immer, möglichst unauffällig und bescheiden zu wirken.
Er war dezent gekleidet, fuhr einen Wagen, der mindestens drei bis vier Jahre alt war und zur mittleren Preisklasse gehörte.
»Hallo, meine Schöne«, begrüßte er Della Street, nickte Perry Mason zu, ließ sich in den dickgepolsterten Ledersessel für die Klienten fallen und zog eine Zigarette aus der Tasche. »Schieß los.«
»Paul«, erklärte Mason, »es handelt sich um eine persönliche Angelegenheit. Du mußt mir einen Klienten ausfindig machen. Die Unkosten gehen auf meine Rechnung.«
»Sag bloß, dir ist einer von deinen Klienten abgehauen!« lachte Drake.
»Könnte sein.«
»Schuldet er dir Geld?«
»Nein.«
»Ein Zeuge, der zuviel weiß?«
»Nein.«
»Einer, der zugunsten eines Klienten aussagen könnte und den du deshalb brauchst?«
»Nein.«
»Was denn dann?«
»Das kann ich dir nicht sagen«, antwortete Mason.
»Und du glaubst, daß er verschwunden ist?«
»Ich halte es für möglich.«
»Und was sage ich ihm, wenn ich ihn finde?«
»Nichts. Laß mich nur wissen, wo er sich aufhält.«
»Und ich darf vermutlich keine Spuren hinterlassen?«
»Zumindest keine, die zu mir zurückführen«, sagte Mason. »Sonst hast du völlig freie Hand. Natürlich kannst du unmöglich einen Mann rasch ausfindig machen, ohne durch deine

Rückfragen irgendwelche Spuren zu hinterlassen. Dieses Risiko müssen wir eingehen.«

»Soll ich sofort losgehen?«

»Ja.« Mason gab Drake die Adresse.

»Du hast es also wieder einmal eilig.«

»Ja. Und noch etwas. Doch das ist wahrscheinlich eine reine Routineangelegenheit: Ich brauche Auskunft über einen gewissen Jarvis Reader, Direktor der Steer Ridge Oil & Refining Company.«

»Über die stand doch erst heute eine Notiz in der Zeitung«, sagte Drake.

»Du hast sie also auch gelesen?«

»Ja. Solche Geschichten sind zwar mit Vorsicht zu genießen, aber die Aktien scheinen unglaublich zu steigen.«

»Besitzt du welche, Paul?«

»Hast du schon einmal einen Detektiv gesehen, der spekuliert? Unsereiner hat doch dazu kein Geld.«

»Okay«, meinte Mason. »Mach dich auf die Socken und sieh zu, was du herausfinden kannst. Halte mich auf dem laufenden.«

Ungefähr eine Viertelstunde später klingelte das Telefon auf Della Streets Schreibtisch. Sie meldete sich. »Gut, sagen Sie ihm, er soll einen Moment Platz nehmen, Gertie. Ich will mal fragen, ob Mr. Mason Zeit hat.«

Della Street wandte sich an den Anwalt. »Wenn man den Teufel an die Wand malt . . . Jarvis Reader ist in der Anmeldung.«

»Holen Sie ihn herein, Della.«

Della Street verließ das Büro und kam einen Moment später mit einem stattlichen Mittfünfziger zurück. Er hatte ein wettergegerbtes Gesicht, buschige Augenbrauen, stechende graue Augen, leicht gebeugte Schultern und ein kriegerisches Auftreten.

»Hallo«, sagte er. »Sind Sie Mason?«

Der Anwalt grinste. »Und Sie Reader?«

»Genau.«

»Was kann ich für Sie tun?«

»Soviel ich gehört habe, vertreten Sie Kerry Dutton.«

»Wer hat Ihnen das gesagt?«

»Das tut nichts zur Sache. Ich möchte eine direkte Antwort. Vertreten Sie Kerry Dutton oder nicht?«

»Mr. Dutton hat mich gebeten, ihn in einer bestimmten Angelegenheit zu vertreten.«
»In einer Angelegenheit nur?«
»Richtig.«
»Es wird sich bald um mehrere handeln.«
»Zum Beispiel?«
»Mir ist zu Ohren gekommen, daß Dutton behauptet hat, man könne mir nicht über den Weg trauen, ich nütze meine Position zu meinem Vorteil aus, habe keine Ahnung von Öl und sei nur daran interessiert, Käufer für unsere Aktien zu angeln.«
»Und wann ist Ihnen das zu Ohren gekommen?«
»Vor geraumer Zeit. Aber ich habe nichts dagegen unternommen, weil ich abwarten wollte, bis ich beweisen kann, was für ein gemeiner Lügner dieser Dutton ist. Inzwischen hat sich meine Geschäftspolitik als richtig erwiesen, und ich wette, daß sich Dutton die größten Vorwürfe macht, die zwanzigtausend Aktien verkauft zu haben.«
»Verkauft?« wiederholte Mason.
»Ja. Als er die Aktien abgestoßen hat, machte er den Käufer darauf aufmerksam, daß die Papiere nichts taugen, ich keine Ahnung vom Ölgeschäft habe, Zeit und Geld auf unergiebige Felder verschwende, mein dickes Gehalt einstreiche, protzig lebe, ein Privatflugzeug besitze und so weiter.«
»Falls Sie beabsichtigen, meinen Klienten zu verklagen, sollten Sie sich nicht an mich wenden, denn ich werde mich über dieses Thema ganz bestimmt nicht mit Ihnen unterhalten«, sagte Mason. »Nehmen Sie sich einen Anwalt und veranlassen Sie ihn, daß er sich mit mir in Verbindung setzt, falls Sie irgend etwas zu regeln wünschen.«
»Ich brauche keinen Anwalt«, erklärte Reader. »Nicht im Moment. Ich bin weder hier, um jemand zu verklagen, noch um Drohungen auszustoßen. Ich will weiter nichts als Dutton wissen lassen, daß ich bereit bin, seine Entschuldigung entgegenzunehmen — eine offizielle Entschuldigung, die ich in der Zeitung veröffentlichen kann.«
»Und warum sagen Sie ihm das nicht selbst?«
»Weil ich nicht weiß, wo er ist. Er ist schwer zu erreichen.«
»Haben Sie es versucht?«
»Ja ... ich wollte ihm von dem neuen Fund berichten, bevor es in der Zeitung steht, konnte ihn aber nicht erwischen. Dazu kam die Meldung im Rundfunk, und die Presse hat sie über-

nommen. Jetzt weiß er Bescheid, und ich bin bestimmt der letzte, den er sehen will.«
»Eventuelle Forderungen, die Sie gegen Mr. Dutton geltend machen wollen, möchte ich nicht mit Ihnen diskutieren — aber ich hätte eine Frage«, sagte Mason. »Aus reiner Neugier. Waren Sie früher befreundet?«
»Befreundet!« Reader machte eine bezeichnende Geste. »Der Kerl hat alles getan, um mir das Leben zu erschweren.«
»Ich meine, kennen Sie ihn schon länger?«
»Länger als mir lieb ist.«
»Seit wann?«
»Seitdem er als Vermögensverwalter für Desere Ellis eingesetzt wurde. Ich habe ihn damals aufgesucht und wollte ihn dazu veranlassen, mehr Geld in die Steer Ridge Oil & Refining Company zu investieren. Er hat mich ausgelacht. Wetten, daß er sich jetzt die Haare rauft, weil er meinen Rat nicht befolgt hat. Der Unterhaltsfonds wäre heute ein Vermögen wert.
Ich war mit Templeton Ellis befreundet. Er hatte Vertrauen zu mir und war einer meiner ersten Kunden. Er hat bei vier verschiedenen Gelegenheiten Geld in die Gesellschaft gesteckt, hat ein ansehnliches Aktienpaket hinterlassen, und nur weil die Papiere etwas gefallen sind, hat dieser superschlaue Vermögensverwalter alles verkauft. Nicht nur das, er hat auch noch die Geschäftsleitung diffamiert.« Reader fuhr nach kurzer Pause fort: »Und noch etwas müssen Sie wissen, wenn Sie sich mit Dutton einlassen: Die Erbin befindet sich nach wie vor in dem Glauben, daß die zwanzigtausend Aktien der Steer Ridge Oil & Refining Company ihr gehören. Sie hat keine Ahnung, daß er die Aktien verkauft hat.«
»Was bringt Sie auf diese Vermutung?«
»Ich vermute nicht, ich weiß es. Dutton wird verzweifelt versuchen, die Aktien zurückzukaufen. Zu jedem Preis. Ich werde persönlich dafür sorgen, daß es ihm nicht gelingt. Wenn Sie ihn sehen, können Sie ihm sagen, daß ich über seine ganzen Machenschaften informiert bin. Sagen Sie ihm außerdem, daß sein Spitzel Rodger Palmer, der Aktien und Stimmenvollmachten zu bekommen versucht, nicht die geringsten Aussichten hat.
Richten Sie Dutton aus, daß ich eventuell mit mir reden lasse, wenn er bereit ist, sich in aller Öffentlichkeit zu entschuldigen. Bis dahin kann er in seinem eigenen Saft schmoren.«

Mason lächelte. »Das sagen Sie ihm lieber persönlich, Mr. Reader. Direkt ins Gesicht.«
»Das tue ich auch, sobald ich den Kerl zu fassen kriege.«
Reader machte auf dem Absatz kehrt und ging auf das Vorzimmer zu. »Und wenn Desere Ellis herauskriegt, daß er verkauft hat, dann ist der Teufel los.«
»Sie können hier hinausgehen«, sagte Della Street und hielt die Tür zum Flur auf.
Reader zögerte einen Moment. »Vielen Dank. Ich gehe auf dem Weg hinaus, auf dem ich hereingekommen bin. Das ist mir lieber.« Und er verließ das Büro durch das Vorzimmer.

## 5

Es war bereits halb acht vorbei. Mason und Della Street wollten gerade das Büro verlassen, als das Telefon klingelte.
»Das ist der Privatapparat«, sagte Mason. »Bestimmt Paul Drake.«
Della Street nahm den Hörer ab. »Ja, Paul?« fragte sie.
Sie nickte Mason zu. Er meldete sich: »Hallo, Paul, was gibt's Neues?«
»Dieser Dutton ist eine harte Nuß, Perry.«
»Wieso denn?«
»Weil er schwer zu finden ist.«
»Ich habe auch nicht angenommen, daß es so einfach sein wird, sonst würde ich dir keine fünfzig Dollar am Tag dafür zahlen.«
»Er scheint sich wirklich rar zu machen. Ich bin nicht der einzige, der auf ihn wartet. Der andere hat ihm meiner Meinung nach eine Zustellungsurkunde zu überbringen.«
»Und du glaubst, daß Dutton sich versteckt, um dem zu entgehen?«
»Zumindest will er sich vor irgendwas drücken.«
»Wo bist du jetzt, Paul?«
»In einer Telefonzelle an einer Tankstelle, vier Blocks von Duttons Wohnung entfernt. Ich habe das bestimmte Gefühl, daß ich ihm auf die Spur komme. Ich wollte dich nur schnell anrufen und mir Anweisungen holen.«
»Was gibt's?«
»Tja, ich werde eigentlich immer sicherer, daß Dutton nicht

nach Hause kommt. Vor dem Hauseingang wartet jemand im Wagen. Ich habe die Zulassungsnummer überprüft. Das Auto gehört einem gewissen Rodger Palmer. Ich halte ihn für einen Zustellungsbeamten. Er will Dutton offensichtlich dringend sprechen und hat eine Engelsgeduld. Er behält den Hauseingang ständig im Auge. Die Telefonistin hat mir erzählt, daß Dutton vor ein paar Stunden mit einer großen Aktenmappe mehrere Male aus und ein gegangen ist.«

»Vielleicht hat er Papiere aus dem Haus geschafft und in seinem Wagen verstaut«, meinte Mason.

»Genau. Ich habe mir überlegt, daß er sein Benzin hier in der Gegend kaufen muß, und habe sämtliche Tankstellen in der Umgebung abgeklappert. Und stell dir vor – ich habe die richtige erwischt. Der Wagen steht im Moment dort. Er hat den Tankwart gebeten, das Öl zu wechseln, den Wagen abzuschmieren und die Reifen nachzusehen – er habe eine weite Reise vor sich, hat er erzählt.«

»Hat er gesagt, wohin?«

»Nein, aber der Wagen steht dort, und einer meiner Leute paßt darauf auf.«

»Ich darf Dutton keinesfalls aus den Augen verlieren, Paul«, erklärte Mason. »Ich habe mich mit ihm eingelassen und befinde mich wahrscheinlich auf sehr dünnem Eis – ich meine, was das Berufsethos anbelangt. Es hängt sehr viel davon ab, was er für ein Mensch ist. Anständig oder ein Betrüger.«

»Ich bin jedenfalls überzeugt, daß er türmen will.«

»Bleib ihm auf den Fersen und stelle fest, wohin er will.«

»Und wenn er die Stadt verläßt?«

»Dann fährst du hinterher, Paul.«

»Wahrscheinlich brauche ich Hilfe.«

»Dann hol sie dir.«

»Und wenn Dutton sich ein Ticket kauft und nach Brasilien fliegt?«

»Dann schreibst du dir die Flugnummer auf, telegrafierst der Agentur, mit der du in Brasilien zusammenarbeitest, und veranlaßt, daß man ihn sofort nach der Landung in Empfang nimmt.«

»Mit anderen Worten – völlig freie Hand?«

»Genau. Aber wenn er seinen Wagen kontrollieren läßt, kannst du ziemlich sichergehen, daß er mit dem Auto wegfahren will.«

»Und ich soll hinterher?«
»Wie sein Schatten«, sagte Mason.
»Okay«, entgegnete Drake. »Ich halte dich auf dem laufenden, brauche aber mindestens noch einen Mann. Ich rufe gleich in meinem Büro an und lasse mir jemand schicken.«
Mason legte auf und sah Della Street stirnrunzelnd an.
»Wie weit stecken Sie in der Sache drin?« fragte sie. »Ich meine, wie tief?«
»Drücken wir's mal so aus: Dutton behauptet, daß er Geld aus der Erbmasse, die er verwalten sollte, veruntreut hat. Nach seiner Darstellung hat er phantastisch mit dem Kapital gearbeitet, seine Handlungsweise war innerhalb der testamentarischen Bestimmungen formaljuristisch einwandfrei — vorausgesetzt, daß er mir die Wahrheit gesagt hat.
Aber die Art, wie er sich verhält, paßt nicht zu der Geschichte, die er erzählt. Wenn Sie nichts vorhaben, würde ich vorschlagen, Della, wir essen zusammen zu Abend, gehen dann noch einmal ins Büro zurück und sitzen hier noch eine Weile herum. Ich habe das Gefühl, daß sich heute nacht noch etwas ereignet. Wir werden in Pauls Büro Bescheid sagen, wo wir sind.«
Della Street lächelte. »Wenn Sie mir eine Extraportion Roastbeef mit gebackenen Kartoffeln, Zwiebelringen und grünem Salat versprechen, bleibe ich bis Mitternacht.«
»Das ist eine Idee. Ich kenne genau das richtige Lokal dafür.«

## 6

Mitten im Essen wurden sie von einem Kellner unterbrochen.
»Nehmen Sie Anrufe entgegen, Mr. Mason?«
»Ja, ich habe dem Oberkellner bereits Bescheid gesagt.«
Der Kellner nickte und stellte den Apparat auf den Tisch. Mason nahm den Hörer ab, am anderen Ende der Leitung war Paul Drake.
»Wo bist du im Moment, Paul?«
»Ich habe von meinem Büro erfahren, wo du bist«, sagte Drake vorwurfsvoll. »Ich sitze in meinem Wagen und kaue auf einem Riegel Schokolade rum, damit mein Magen an den Stellen, wo er gegen die Rippen stößt, keine Hühneraugen bekommt. Ich bin am Verhungern.«

»Was gibt's Neues?«
»Daß ich Dutton endlich erwischt habe.«
»Wo will er hin?«
»Im Augenblick nirgends. Er sitzt in einem Auto und beobachtet.«
»Wen?«
»Einen Kerl, der wie ein besserer Beatnik aussieht.«
»Groß, breitschultrig, Bart?«
»Genau.«
»Und wo wartet Dutton?«
»Vor dem Doberman-Appartementhaus in der Locks Street. Sagt dir das etwas?«
»Eine ganze Menge«, erwiderte Mason. »Dort wohnt Desere Ellis, und der Mann mit dem Bart ist wahrscheinlich bei ihr.«
»Und Dutton schnüffelt hinter den beiden her?«
Mason dachte einen Moment nach. »Nein«, sagte er schließlich. »Dutton wartet vermutlich nur, bis die Luft rein ist und er mit Desere Ellis sprechen kann. Wahrscheinlich hat er beschlossen, ihr etwas Wichtiges mitzuteilen, und möchte sichergehen, daß er nicht unterbrochen wird. Wenn mich nicht alles täuscht, Paul, wartet Dutton, bis dieser Fred Hedley wegfährt, dann wird er zu ihr in die Wohnung hinaufgehen.«
»Und dann?«
»Wenn Dutton wieder herauskommt«, sagte Mason, »beschattest du ihn. Hast du eine Ablösung?«
»Es war etwas schwierig, einen zuverlässigen Mann aufzutreiben«, sagte Drake. »Aber schließlich habe ich einen gefunden. Er ist gerade auf dem Weg hierher. Meine ganzen Leute sind heute beschäftigt. Das heißt, die guten. Deshalb habe ich die Sache selbst übernommen. Der Mann, den ich zuerst losgeschickt hatte, konnte nicht die leiseste Spur von Dutton entdecken. Ich wollte dich nicht im Stich lassen und habe mir gedacht, wenn man sich genügend Zeit nimmt, kriegt man auch Resultate. Also bin ich selber losgezogen und habe mich bei den Tankstellen erkundigt. Da ich dort Glück gehabt habe, bin ich an dem Job hängengeblieben.«
»Laß dich ablösen«, meinte Mason. »Zeige deinem Mann, um wen es sich handelt, und iß anschließend ordentlich zu Abend. Aber vergewissere dich, daß der Mann was taugt.«
»Der ist einwandfrei«, erklärte Drake.
»Wir bleiben noch ungefähr eine halbe Stunde hier«, sagte

Mason. »Dann gehen wir zurück ins Büro und warten auf deinen Anruf. Sieh zu, daß du uns um halb elf deinen Bericht durchgibst, weil wir danach Feierabend machen wollen.«
»Okay.«
Mason legte auf und erzählte Della, was er erfahren hatte.
»Dutton wartet also, bis Hedley das Haus verläßt«, sagte sie.
»Sobald Hedley weg ist, geht Dutton zu Desere Ellis hinauf, und sie weiß sofort, daß er unten gewartet hat, bis Hedley verschwindet. Damit steht es zwei zu null gegen ihn. Eine Frau verlangt von einem Mann, daß er mit offenen Karten spielt und sich durchsetzen kann.«
»Natürlich wäre es möglich, daß Dutton vor einer Aussprache mit Hedley zurückschreckt. Aber er will Desere das Ganze erklären und vermeiden, daß Hedley über Deseres Finanzen im Bilde ist.«
»Dann wird sich Hedleys Mutter einschalten, und alles geht blitzschnell«, meinte Della Street. »Das heißt, wenn sie ahnt, daß mehr Geld übrig ist, als es im Moment den Anschein hat.«
Mason hob sein Weinglas. »Darauf paßt ein mexikanischer Toast«, sagte er. *»Salud y pesetas y amor sin suegras.«*
»Und was heißt das?«
»Gesundheit, Reichtum und Liebe ohne Schwiegermütter.«
Della lachte schallend. »Wer diesen Spruch erfunden hat, muß Mrs. Hedley gekannt haben.«
Mason bezahlte gerade die Rechnung, als der Kellner wieder mit dem Telefon erschien. »Ein dringender Anruf, Mister Mason.«
Mason nahm den Hörer ab. »Ja, was ist los?«
»Perry«, rief Paul Drake. »Komm sofort her. Schnell!«
»Wohin?«
»Zu der Adresse, die ich dir vorhin genannt habe. Zum Doberman-Appartementhaus. Wenn du deinem Klienten schützen willst, mußt du dich schleunigst auf den Weg machen. Hier ist Feuer unterem Dach.«
»Okay, wir sind gleich da.«
»Ich warte auf dich«, sagte Drake. »In der Locks Street.«
Mason packte Della Street am Arm. »Los, rasch.«
»Was ist denn passiert?«
»Das hat Paul nicht gesagt. Wir sollen nur so schnell wie möglich kommen, wenn wir unseren Klienten beschützen wollen.«

Mason winkte dem Oberkellner, der wieder dem Portier winkte; als Mason und Della Street das Restaurant verließen, stand der Wagen des Anwalts bereits vor der Tür. Mason fädelte sich geschickt in die Kolonne ein, aber der Verkehr war so stark, daß sie zwanzig Minuten brauchten, bis sie an Ort und Stelle waren.

Drake wartete an der Ecke auf sie.

»Ihr kommt zu spät«, sagte er.

»Was ist denn passiert?« fragte Mason.

»Der Kerl mit dem Bart ist herausgekommen, hat sich in seinen Wagen gesetzt und ist weggefahren. Genau wie du vorausgesagt hast, ist Dutton ihm nicht gefolgt, sondern ausgestiegen und ins Haus gestürzt.

Ich habe keine Ahnung, ob Hedley wußte, daß Dutton auf der Straße gewartet hat, und ihn erwischen wollte, oder ob er etwas vergessen hatte. Auf alle Fälle war Dutton noch keine fünf Minuten im Haus verschwunden, als Hedley wieder auftauchte und wie die Feuerwehr ins Haus sauste.«

»Und was ist passiert?«

»Eine ganze Menge«, antwortete Drake. »Eine Frau ist auf einem Balkon im dritten Stock erschienen und hat nach der Polizei geschrien. Irgend jemand muß telefoniert haben ... auf alle Fälle ist ein Funkstreifenwagen vorgefahren, als Dutton herauskam. Er hatte es zwar ziemlich eilig, sah sich aber trotzdem vorsichtshalber um, entdeckte den Funkstreifenwagen, verlangsamte sein Tempo und schlenderte über die Straße, während die Polizisten ins Haus stürzten.«

»Und dann?«

»Fuhr Dutton weg und ...«

»Verflucht, Paul«, rief Mason. »Dutton sollte doch beschattet werden.«

»Das wird er ja auch. Meine Ablösung war bereits hier, als es passiert ist. Ich habe dir selbst Bescheid gesagt, weil mein Mann dazu bestimmt keine Zeit hat. Die beiden sind wie der Teufel losgefahren.«

»Und was ist passiert?« fragte Mason zum drittenmal.

»Ich habe mich mit einem von den Streifenbeamten unterhalten, als die Polizisten diesen Hedley aus dem Haus geschleift haben. Der Kerl hat bös ausgesehen. Wahrscheinlich hat er noch ein paar Tage eine geschwollene Nase, sein Hemd war von oben bis unten mit Blut verschmiert. Ein blaues Auge und verschwollene Lippen. Er konnte kaum sprechen. Soviel ich weiß, hat Hedley angefangen. Er hat Dutton in der Wohnung seiner Freundin erwischt, es gab einen Wortwechsel, und Hedley hat Dutton eine verpaßt. Und dann ging's los.«

»Und Hedley hat am meisten abbekommen?« fragte Mason.

»Kann man wohl sagen! Dutton hatte nicht mal einen Kratzer, aber Hedley sieht aus, als hätte man ihn durch die Mangel gedreht.«

»Was hat die Polizei unternommen?«

»Sie hat ihn laufenlassen, aber die Beamten sind der Meinung, daß er die Schlägerei angefangen hat.«

»Was hat Hedley gesagt?«

»Daß er Dutton wegen tätlicher Bedrohung und Körperverletzung verhaften lassen und klagen will. Das hat die Polizisten aber wenig beeindruckt. Sie haben Hedley erklärt, er soll lieber den Schaden bezahlen, der in der Wohnung angerichtet worden ist, sonst kriegt er Scherereien.«

Mason wandte sich an Della Street, die von einem Ohr zum anderen grinste.

»Na, Della, ich glaube, die Dinge haben sich so entwickelt, wie Sie es prophezeit haben, und jetzt machen wir Feierabend. Die Krise scheint vorbei zu sein, und Dutton wird beschattet.«

»Vielen Dank noch für das gute Abendessen«, entgegnete Della Street.

»Abendessen!« rief Drake. »Seit einer Stunde habe ich Sodbrennen von der verdammten Schokolade.«

»Ich würde dir das Restaurant empfehlen, in dem du uns angerufen hast, Paul«, sagte Mason. »Es gibt dort phantastisches Roastbeef, gebackene Kartoffeln, Zwiebelringe und Salat. Und da du noch im Dienst bist, geht natürlich alles auf meine Rechnung.«

Drake machte ein gequältes Gesicht. »Vor zwei Stunden hätte ich einen halben Ochsen vertilgen können. Jetzt, mit diesem synthetischen Geschmack im Mund, will ich nur noch Milch und Alka Seltzer.«

## 7

Am nächsten Morgen ging Mason auf dem Weg in seine Kanzlei rasch noch in Drakes Büro.

»Mr. Drake ist drüben bei Ihnen, Mr. Mason«, sagte die Telefonistin. »Er muß Sie dringend sprechen. Er hat Miss Street angerufen und erfahren, daß Sie jeden Augenblick kommen müssen.«

»Aha«, entgegnete Mason. »Aber sagen Sie mir schnell: Wo ist unser Wild?«

Das Mädchen am Schaltbrett lächelte. »Das darf ich eigentlich nicht wissen«, entgegnete sie. »Aber Mr. Drake hat, kurz bevor er mit Miss Street telefonierte, einen Anruf aus Ensenada in Mexiko bekommen.«

»Das«, meinte Mason, »gibt einen netten Ausflug.«

Der Anwalt lächelte, als er den Flur entlangging und die Tür zu seinem Büro aufmachte.

»Guten Morgen, Della«, sagte er. »Hallo, Paul, wie geht's dir? Ich habe mir überlegt, daß wir alle zuviel arbeiten. Was haltet ihr davon, wenn wir uns einmal einen Tag frei nehmen und nach Ensenada fahren. Eine zauberhafte mexikanische Stadt, hervorragendes Essen, köstlichen Hummer, Caquama – die großen Schildkröten aus dem Golf von Mexiko –, Enchiladas, Chile con carne, weiße Bohnen, eiskaltes mexikanisches Bier ...«

»Hören Sie auf«, bat Della Street, »sonst bekommt Paul zuviel. Er hat die ganze Nacht Magenbeschwerden gehabt.«

»Wieso denn das?«

Drake schüttelte den Kopf. »Von Anfang an war ich mir übers Berufsrisiko im klaren. Ein Chirurg lebt unter ständiger Spannung und kriegt gewöhnlich mit fünfundfünfzig den ersten Herzinfarkt, und ein Detektiv ernährt sich von Hamburgern und Alka Seltzer ... Zum Teufel, Perry, woher weißt du das mit Ensenada schon wieder?«

»Ich habe in deinem Büro vorbeigeschaut«, erklärte Mason, »und deine Telefonistin hat mir gesagt, daß du aus Ensenada angerufen worden bist.«

»Mein Mann hat Dutton aus den Augen verloren«, sagte Drake.

»Was?«

»Ja, du hast schon richtig gehört.«

»Wie lange?«
»Ungefähr eine Stunde.«
»Wieso?«
»Der Mann, der mich abgelöst hat, übernahm die Beschattung«, erklärte Drake.
»Und was hat er gemacht?«
»Dutton hat das Appartementhaus genau in dem Moment verlassen, als die Polizei auftauchte. Er ist eine Zeitlang ziellos in der Gegend herumgefahren und hat nach ungefähr fünfzehn Minuten an einer Tankstelle gehalten. Dort . . .«
»Du hast doch gesagt, daß sein Benzintank voll war«, unterbrach ihn Mason.
»Das stimmt auch. Er wollte diesmal ja auch nicht tanken, sondern telefonieren. Dutton ging in eine öffentliche Telefonzelle und wählte eine Nummer. Mein Mann mußte vorsichtig sein. Er parkte auf der gegenüberliegenden Straßenseite und beobachtete Dutton mit einem Fernglas, konnte aber die Nummer nicht feststellen.
Jedenfalls hat Dutton entweder eine falsche Nummer gewählt, oder sie war besetzt, denn er hielt den Hörer nur ein paar Sekunden ans Ohr und legte wieder auf. Dann wartete er ein Weilchen und wählte von neuem.«
»Und was geschah diesmal?«
»Mein Mann hatte den Eindruck, daß das Gespräch überaus wichtig war. Er wollte möglichst jedes Wort mitkriegen, also ließ er es darauf ankommen.«
»Worauf?«
»Er ging auf die Telefonzelle zu und tat so, als ob er ebenfalls ein Gespräch führen wolle. Dutton winkte abwehrend. Mein Mann hatte eines von diesen Taschentonbandgeräten und Tesafilm bei sich. Wir benützen die Dinger in letzter Zeit viel, sie sind recht brauchbar. Mein Mann ging um die Telefonzelle herum, befestigte schnell das Gerät an der Rückseite, stieg in seinen Wagen und fuhr weg. Allerdings nicht weit – er wartete an einer Stelle, wo er Duttons Auto beobachten konnte.
Als Dutton die Telefonzelle verließ, hatte er es plötzlich furchtbar eilig. Mein Mann wollte das Taschentonbandgerät später abholen oder im Büro Bescheid sagen, daß man das für ihn erledigt, und blieb Dutton auf den Fersen.«
Mason nickte. »Das war genau richtig.«
»Dutton ist wie ein Verrückter gefahren. Er hat drei Kreuzun-

gen bei Rot überquert, und mein Mann dicht hinterher, weil er hoffte, mit Dutton zusammen von der Polizei aufgehalten zu werden. Beim vierten Rotlicht hatte Dutton fast einen Zusammenstoß, mit dem Erfolg, daß die Kreuzung verstopft war, er gerade noch durchkam und mein Mann steckenblieb.«

»Hat denn Dutton nicht gemerkt, daß er verfolgt wird?«

»Wahrscheinlich schon«, sagte Drake. »Vielleicht wollte er seinen Verfolger abschütteln. Mein Mann ist der Meinung, daß Dutton vor lauter Eile alles egal war.«

»Weiter.«

»Nun ja, nachdem mein Mann ihn aus den Augen verloren hatte und wußte, daß er ihn nicht wieder einholen würde, fuhr er zu der Telefonzelle zurück, nahm das Tonbandgerät, spulte es zurück und hörte es ab. Natürlich hatte er damit nur einen Teil der Unterhaltung.«

»Worum ging es?« fragte Mason.

»Als erstes stellte Dutton eine Frage. ›Was gibt es Neues? Sie wissen, wer am Apparat ist.‹ Dann wartete er auf die Antwort und sagte: ›Ich habe die andere Nummer angerufen und sollte Sie von diesem Automaten aus anrufen ... ich bezahle die fünftausend, wenn man sich auf Sie verlassen kann.‹ Es folgte eine Pause, in der er offensichtlich Instruktionen erhielt, und dann: ›Wiederholen Sie das bitte. ... beim siebten Abschlag im Barclay Country Club, stimmt das? ... Warum ausgerechnet dort?‹ Und dann sagte er: ›Gut, gut, es ist ja schon fast soweit ... Ja, ich habe einen Schlüssel ...‹ Damit legte er auf, und das war das Ende der Unterhaltung.«

»Und dein Mann ist dieser Spur gefolgt?« fragte Mason.

»Ja, er fuhr zum Barclay Country Club. Das ist einer von diesen Clubs, in denen jedes Mitglied seinen eigenen Schlüssel hat. Zu dieser späten Stunde waren seine Chancen, reinzukomen, natürlich gleich Null. Vor dem Clubhaus standen drei oder vier Autos, eines davon gehörte Dutton.«

»Und was hat er unternommen?«

»Er hat seinen Wagen an einer Stelle geparkt, wo er alles genau überblicken konnte, und hat gewartet. Um zehn Minuten nach zehn war er an Ort und Stelle.«

»Wie lange hat er gewartet?«

»Ungefähr zwölf Minuten.«

»Und dann?«

»Dann kam Dutton heraus — es war zweiundzwanzig Minuten

nach zehn — und fuhr los. Richtung Süden. Mein Mann hat ihn eine Strecke lang ohne Scheinwerferlicht verfolgt, was ziemlich riskant war, denn Dutton hat nach ein paar hundert Metern plötzlich angehalten, ist ein Stück zurückgestoßen und aus dem Wagen gestiegen. Mein Mann hat ihn überholt, ist rechts rangefahren, hat gehalten und sich mit dem Wagenheber seines Autos zu schaffen gemacht, bis dann Dutton an ihm vorbeigebraust war.

Dutton fuhr bis zur Grenze und dann weiter nach Ensenada. Er hatte keine Ahnung, daß er verfolgt wurde. Er ist im ›Siesta del Tarde Auto Court‹ abgestiegen und hat sich als Frank Kerry eingetragen.«

»Solange er nicht weiter nach Mexiko hineinfährt«, sagte Mason, »braucht er keine Ausweispapiere beziehungsweise keine Touristenkarte, nicht wahr, Paul?«

»Richtig. Südlich von Ensenada wird eine Touristenkarte oder eine Einreiseerlaubnis verlangt. Aber bis Ensenada geht alles ohne.«

»Und dein Mann beschattet ihn immer noch?«

»Ja. Er tut sein Bestes. Natürlich ist so ein Vierundzwanzigstundenjob ein wahnsinniger Schlauch ... Soll ich ihm eine Ablösung schicken?«

Mason überlegte. »Das wäre vielleicht besser, Paul«, sagte er. »Und für mich ist es jetzt langsam an der Zeit, Dutton ordentlich die Meinung zu sagen.«

»Inwiefern?« fragte Drake.

»Insofern, als ich die Dinge ins reine bringen muß, bevor ich zu tief drinstecke«, erklärte Mason. »Schließlich ist Dutton mein Klient — vielleicht muß ich darauf bestehen, daß er sich der Polizei stellt.«

»Und was dann?«

»Dann«, sagte Mason und grinste, »muß ich versuchen, mit heiler Haut aus der Geschichte herauszukommen.«

Der Anwalt wandte sich an Della Street. »Was halten Sie davon«, fragte er, »wenn Sie Schreibmaterial in ein Aktenköfferchen packen und wir nach Ensenada fahren? Diesmal bekommen wir bestimmt die wahre Geschichte zu hören.«

## 8

Mason und Della Street ließen Tijuana hinter sich und nahmen die breite, neue Straße nach Ensenada.
»Die alte war landschaftlich viel schöner«, sagte Mason.
»Das finde ich auch. Aber heutzutage opfert man alles dem Tempo. Andererseits ist es auch wieder angenehm, wenn man nicht pausenlos Kurven fahren muß. Glauben Sie wirklich, daß Dutton Geld veruntreut hat?«
»Ich weiß es nicht«, antwortete Mason. »So wie er sich verhält, fürchte ich, daß er es mir überlassen will, die Sache auszubaden.«
»Wie meinen Sie das?«
»Es wird ein Mordsgeschrei geben«, erklärte Mason, »und ich habe dann das Vergnügen, jedem zu versichern, daß alles gut ausgehen wird; daß ich vollstes Vertrauen zu meinem Klienten habe; daß mir der Sachverhalt bekannt ist, und daß sich zu gegebener Zeit alles aufklären und regeln wird.«
»Und dann?«
»Dann dämmert es mir nach einer Weile vielleicht, daß mein Klient schwer aufzufinden ist.«
»Meinen Sie in Ensenada?«
»Ensenada dürfte nur die erste Station sein. Wahrscheinlich läßt er seinen Wagen an einer Stelle stehen, wo er leicht gefunden werden kann; dann fährt er in die Staaten zurück, setzt sich in ein Flugzeug nach Brasilien, oder weiß der Teufel wohin, und überläßt es mir, Erklärungen abzugeben.«
»Trauen Sie ihm das wirklich zu?«
»Nein«, antwortete Mason kurz. »Das tue ich nicht.«
»Sondern?«
»Das ist der Grund, aus dem wir nach Ensenada fahren, Della.«
Sie kamen nach Ensenada, schlängelten sich durch die verkehrsreiche Hauptstraße, und Mason erkundigte sich nach dem Weg zum »Siesta del Tarde Auto Court«.
»Werden Sie Drakes Mann erkennen?« fragte Della Street, als sie vor dem Motel hielten.
»Er wird mich erkennen«, erklärte Mason.
Der Anwalt stieg aus, räkelte sich und gähnte, sah sich um, atmete tief durch und half schließlich Della Street aus dem Wagen.
Sie steuerten auf die Reception des Motels zu, als Mason

plötzlich stehen blieb und zu seinem Wagen zurücksah. Er hatte den Blick eines Mannes aufgefangen, der die Straße entlangschlenderte.

Der Mann blinzelte Mason zu, steckte sich eine Zigarette in den Mund und kramte in seinen Taschen herum. »Verzeihen Sie«, sagte er, »haben Sie vielleicht ein Streichholz?«

»Sogar ein Feuerzeug.« Er knipste es an und hielt es dem Mann hin.

»Appartement neunzehn«, murmelte der Detektiv. »Er sitzt in seinem Zimmer – wenn er sich nicht herausgeschlichen hat, während ich mit Los Angeles telefoniert und meinen Bericht durchgegeben habe. Da drüben steht sein Auto, der Chevrolet mit der Nummer OAC 777.«

»Okay«, meinte Mason, »wir gehen hinein und reden mit ihm. Bleiben Sie auf Ihrem Posten. Ich brauche Sie möglicherweise als Zeugen ... Wie fühlen Sie sich? Ziemlich erschlagen, was?«

»Wachbleiben ist das Schlimmste bei einem solchen Job, Mr. Mason. Ich war die ganze Nacht auf, habe in meinem Wagen gesessen und an nichts anderes denken können als an ein Bett.«

»Sie können entweder in den nächsten dreißig Minuten zurückfahren«, sagte Mason, »oder Sie werden abgelöst. Paul Drake hat in San Diego angerufen und einen Mann angefordert, der bereits unterwegs ist.«

»Prima«, entgegnete der Detektiv. »Ich will mich ja gar nicht beschweren, es ist eben nur wahnsinnig mühsam, sich wachzuhalten.«

»Okay«, sagte Mason. »Wir gehen jetzt hinein.«

Der Anwalt nickte Della Street zu.

Eine lange Zufahrt führte an der Reception des Motels vorbei zu einem Parkplatz neben den Appartements, die von Palmen und Bananensträuchern beschattet wurden.

Mason ging an dem Schild mit der Aufschrift »Reception« vorbei und führte Della Street direkt zu dem Appartement, in dem Kerry Dutton wohnte.

»Wenn ich klopfe, sagen Sie: ›Frische Handtücher‹. Er klopfte.

»Frische Handtücher«, rief Della Street.

»Herein«, antwortete eine Männerstimme, und die Tür wurde geöffnet.

Mason, von Della Street gefolgt, schob sich ins Zimmer.

Kerry Dutton starrte sie sprachlos an.

»Wenn ich jemand vertrete«, sagte Mason, »leiste ich gute Arbeit. Und um gute Arbeit leisten zu können, muß ich den wirklichen Sachverhalt kennen. Ich denke, Sie sollten mir vielleicht etwas mehr über Ihr Problem erzählen.«
Duttons Blick wanderte zwischen dem Anwalt und seiner Sekretärin hin und her.
Mason rückte den einen Sessel für Della Street zurecht und ließ sich in den anderen fallen, so daß für Dutton nur noch das Bett blieb. Duttons Beine schienen unter ihm wegzuknicken, als er auf das Bett sank.
»Nun?« fragte Mason. »Was ist los?«
»Nicht, was Sie denken«, erklärte Dutton.
»Wieviel ist nun wahr an der Geschichte, die Sie mir erzählt haben?«
»Sie war im großen und ganzen wahr«, antwortete Dutton. »Nur das, was ich Ihnen nicht gesagt habe, ist . . . ach, was hat das für einen Zweck?«
»Gar keinen, wenn Sie Ihrem Anwalt etwas verschweigen wollen. Früher oder später kommen die Tatsachen doch ans Licht, und wenn Ihr Anwalt sie nicht vorher kennt, hat er das Nachsehen.«
Dutton schüttelte schweigend den Kopf.
»Ganz gleich«, fuhr Mason fort, »wie legal Ihre Handlungsweise gewesen sein mag, Sie haben Ihre Lage durch diese Flucht verschlechtert. Im Staate Kalifornien wird Flucht als Schuldbeweis gewertet, und der Ankläger ist berechtigt, diesen Beweis in einem Strafprozeß anzuführen.«
Dutton wollte gerade etwas sagen, als es an der Tür klopfte.
Dutton blickte ängstlich von Mason zu Della Street.
»Erwarten Sie Besuch?« fragte Mason.
Dutton stand auf, ging zur Tür und blieb stehen.
Wieder klopfte es, diesmal energischer.
»Schauen Sie nach, wer es ist«, sagte Mason.
Dutton öffnete die Tür.
Zwei Männer kamen herein, einer in Polizeiuniform, der andere in Zivil. Der Mann in Zivil musterte die Anwesenden und verbeugte sich.
»Die Señorita wird mich hoffentlich entschuldigen«, sagte er. »Ich bin der *Jefe de Policia*. Darf ich Sie fragen, welcher der Herren Kerry Dutton aus Los Angeles ist?«
»Und der Grund für diese Frage?« sagte Mason.

Der Polizeichef betrachtete ihn mit abschätzendem Blick. »Ich glaube nicht«, sagte er spitz, »daß ich die Ehre habe, Sie zu kennen, Sir.«
»Ich bin Perry Mason, Rechtsanwalt«, sagte Mason. »Und das ist meine Sekretärin, Miss Della Street.«
Der Polizeichef verbeugte sich ehrerbietig. »Ich freue mich, Sie kennenzulernen, Sir, und bedaure, daß ich Sie stören muß – möglicherweise bei einer beruflichen Unterredung?«
»Genau«, erwiderte Mason. »Ich habe mit meinem Klienten einiges zu besprechen, und meine Sekretärin wollte sich eben Notizen machen. Wenn Sie uns eine halbe Stunde Zeit lassen könnten, stehen wir Ihnen dann gern zur Verfügung.«
Ein Lächeln erschien in den Augen des Beamten. »Ich verstehe, daß Sie es auf einen Versuch ankommen lassen wollen, Señor Mason«, sagte er. »Aber leider ist die Angelegenheit, die mich zu Mr. Dutton führt, vordringlich.« Er wandte sich an Dutton. »Señor Dutton, zu meinem größten Bedauern sehe ich mich gezwungen, Ihnen mitzuteilen, daß Sie hiermit verhaftet sind.«
»Wie lautet die Anklage?« fragte Mason.
»Auf vorsätzlichen Mord. Deshalb erklären wir ihn zum unerwünschten Ausländer. Als solcher wird er zur Grenze begleitet und ersucht, das Land sofort zu verlassen.«
»Mord!« rief Mason. »Wer wurde denn umgebracht?«
»Diese Auskunft wird man Ihnen geben können, wenn Señor Dutton die Grenze erreicht. Ich habe die unangenehme Pflicht, ihn sofort dorthin schaffen zu lassen.«
»Und an der Grenze?«
Der Polizeioffizier lächelte. »An der Grenze wird bestimmt die Polizei Ihres Landes Señor Dutton erwarten. Was würden Sie tun, wenn Sie Polizeibeamter der Vereinigten Staaten wären und wüßten, daß ein Mann, den Sie wegen Mordes verhaften wollen, als unerwünschter Ausländer abgeschoben wird?«
»Ein etwas willkürliches Verfahren«, meinte Mason.
»Zweifellos«, bestätigte der Polizeichef. »Aber wir erledigen die Dinge in unserem Land, wie wir es für richtig halten, genauso wie es Ihnen gestattet ist, die Dinge in Ihrem Land so zu erledigen, wie Sie es für richtig halten. Das heißt, wir mischen uns nicht in Ihre Angelegenheiten und nehmen umgekehrt das gleiche Recht für uns in Anspruch. Ich muß Sie bitten, sich jetzt zurückzuziehen.«
»Ich bin Anwalt«, erklärte Mason. »Mein Klient wird eines

Verbrechens beschuldigt, und ich verlange das Recht, ihn zu vertreten und zu beraten.«

Der Polizeichef lächelte. »Sie sind Anwalt in den Staaten?«

»Ja?«

»Und in Mexiko?«

Mason zögerte.

»In Mexiko«, fuhr der Beamte fort, »werden angesehene Rechtsanwälte als *licenciados* bezeichnet. Das heißt, daß sie eine Lizenz der mexikanischen Regierung besitzen, die es ihnen gestattet, ihren Beruf auszuüben. Haben Sie vielleicht eine solche Lizenz, Señor Mason?«

Mason grinste. »Gut, es ist Ihr Land, es sind Ihre Gepflogenheiten, und Dutton ist Ihr Gefangener.«

»Vielen Dank«, sagte der Polizeichef. »Es besteht kein Grund, Sie länger aufzuhalten, Señor Mason.«

»Dieser Mann wird beschuldigt, einen Mord begangen zu haben«, sagte Mason, »und sein Anwalt darf nicht mit ihm sprechen?«

Der Polizeichef zuckte die Achseln. »Sie sind in Ihrem Land zugelassen«, sagte er. »Dort können Sie mit Ihrem Klienten jederzeit sprechen. Hier beschuldigt man ihn nur, ein unerwünschter Ausländer zu sein. Wir sehen unerwünschte Ausländer genauso ungern wie Sie.«

»Und was ist an Mr. Dutton unerwünscht?«

Wieder lächelte der Polizeichef. »Er hat sich der amerikanischen Justiz durch Flucht entzogen. Das macht ihn als Besucher in Mexiko unerwünscht. Und jetzt, Señor, darf ich Sie und Ihre charmante Sekretärin vielleicht bitten, zu gehen. Ich kann Ihnen die Restaurants von Ensenada wärmstens empfehlen. Sie werden den Service hervorragend und das Essen unvergleichlich finden. Wir werden alles tun, um Sie als Touristen zufriedenzustellen.«

»Aber nicht als Anwalt?«

Der Polizeichef zuckte die Achseln. »Unglücklicherweise sind Sie kein *licenciado*. Wenn Sie in diesem Lande wohnen und ein Gesuch einreichen würden, zweifle ich nicht daran, daß Sie es werden könnten. Aber bis dahin . . .«

Wieder zuckte er unmißverständlich die Achseln und hielt die Tür auf.

Mason legte eine Hand auf Della Streets Arm, und sie gingen zusammen auf den schattigen Platz hinaus.

# 9

Als Mason und Della Street den schmalen Weg entlanggingen, der am Motel vorbeiführte, kam Drakes Detektiv auf sie zugelaufen und fuchtelte aufgeregt mit den Armen.
Mason beschleunigte seinen Schritt.
»Was ist los?«
»Ich habe eben Drake angerufen, um meinen Bericht durchzugeben. Er möchte Sie dringend sprechen. Es ist furchtbar wichtig, hat er gesagt. Ich soll Sie sofort holen. Er bleibt solange am Apparat.«
Mason nickte Della Street zu und eilte unter den Palmen und Bananensträuchern dahin, so daß der Detektiv kaum mit ihm Schritt halten konnte. Della Street versuchte es erst gar nicht.
Mason betrat die Telefonzelle und zog die Tür hinter sich zu. Er nahm den Hörer auf, der an der Schnur baumelte. »Ja, hallo?«
»Bist du's, Perry?« fragte Drake.
»Ja.«
»Ich weiß nicht, wie schlimm es für deinen Klienten werden kann, aber hier sieht's ziemlich übel aus.«
»Mord?«
»Woher weißt du das?«
»Weil die Polizei bei Dutton erschien, während ich mit ihm sprach.«
»Hier das wenige, was mir bekannt ist«, sagte Drake. »Ein Golfspieler hat am frühen Morgen im Barclay Country Club bei Abschlag sieben eine Leiche entdeckt. Das Opfer wurde durch einen Schuß getötet.«
»Hat man die Waffe gefunden?«
»Das weiß ich nicht«, antwortete Drake. »Ich weiß nur, daß der Täter versucht hat, die Identifizierung der Leiche zu erschweren, was ihm bisher offensichtlich gelungen ist.
Der Mörder hat die Taschen seines Opfers geleert. Die Polizei hat nicht einmal ein Taschentuch gefunden. Aus dem Jackett ist das Firmenetikett herausgeschnitten worden, ebenfalls aus dem Hemd. Der Täter muß ein scharfes Messer oder eine Rasierklinge benutzt haben.
Der Zeitpunkt des Todes ist noch nicht amtlich festgestellt, aber er könnte etwa in der Spanne liegen, in der unser Mann Dutton zum Golfclub folgte – zumindest nach den ersten

Schätzungen der Polizei. Nach der Autopsie sieht alles vielleicht anders für Dutton aus. Aber zunächst soll die Tatzeit zwischen einundzwanzig Uhr dreißig und zwei Uhr dreißig festgesetzt worden sein.«

»Aha«, sagte Mason. »Und dein Mann war nicht auf dem Golfplatz, weil er keinen Schlüssel hat?«

»Richtig. Man kann nur durch das Clubhaus auf den Platz kommen.«

»Aber es muß doch einen Zugang für das Personal geben?«

»Sicher, aber ich habe das noch nicht überprüft.«

»Zu dieser späten Stunde hat sich der Ermordete wahrscheinlich mit einem Schlüssel Einlaß verschafft. Und Dutton bestimmt auch.«

»Dutton ist Clubmitglied.«

»Der Ermordete vermutlich ebenfalls. Beschaff dir Fotos von den Zeitungsreportern und such die Mitglieder auf, die regelmäßig spielen, und ...«

»Wir hinken hoffnungslos hinterher«, erklärte Drake. »Die Polizei hat bereits fünf Kriminalbeamte auf die Mitglieder, die nachweislich regelmäßig spielen, angesetzt und läßt sie verhören. Sie haben Fotos von dem Ermordeten und versuchen ihn zu identifizieren.«

»Hast du eines gesehen?«

»Nein, nur eine Beschreibung.«

»Erzähle.«

»Ungefähr fünfundfünfzig, dunkles Haar, breit, etwas nach vorn hängende Schultern, dunkle Augen, einsachtzig groß, Gewicht neunzig Kilo, dicht behaarte Hände.«

»Keine Schlüssel?«

»Keine Schlüssel, kein Kleingeld, kein Messer, kein Taschentuch, kein Füllfederhalter, kein Kugelschreiber — nichts.«

»Paul«, sagte Mason nachdenklich, »du hast von einem Mann gesprochen, den du für einen Zustellungsbeamten gehalten hast.«

»Stimmt, er ... großer Gott, Perry, er könnte es sein. Die Beschreibung paßt.«

»Würdest du den Mann wiedererkennen, wenn du ihn siehst?«

»Garantiert.«

»Laß dich bloß nicht in der Nähe des Gerichtsmedizinischen Instituts blicken«, sagte Mason, »versuche lieber, ob du die Polizeifotos zu sehen kriegen kannst.«

»Verflucht, Perry«, jammerte Drake, »wenn ich den Kerl identifizieren kann, muß ich zur Polizei gehen. Als Privatdetektiv kann ich es mir nicht leisten, Beweismaterial zurückzuhalten.«

»Nach solchen Pressefotos kannst du niemand eindeutig identifizieren«, sagte Mason. »Dazu müßtest du schon die Leiche sehen.«

»Eben hast du noch von Polizeifotos gesprochen.«

»Stimmt. Aber jetzt rede ich von Zeitungsfotos ... Della und ich sind gerade im Aufbruch. Wir kommen so schnell wie möglich zurück. Ich lasse meinen Wagen hier und werde meinen Freund Munoz dazu überreden, uns nach San Diego zu fliegen. Pinky soll startbereit am Flughafen von San Diego stehen und uns zum Tri-City-Airport bringen. Dort wartest du auf uns.«

»Selbst wenn ich nach Zeitungsfotos eine große Ähnlichkeit feststellen kann, müßte ich es der Polizei melden«, sagte Drake. »In einem Mordfall ist meine Lizenz keinen Cent wert, wenn ich Informationen zurückhalte.«

»Du und deine Lizenz«, meinte Mason.

»Ich und mein Lebensunterhalt«, sagte Drake. »Das mit dem Flugzeug geht in Ordnung.«

»Wir machen uns sofort auf den Weg«, sagte Mason und legte auf.

## 10

Pinky Brier, der bekannte Pilot, setzte die zweimotorige Maschine auf der Landebahn des Tri-City-Airport gekonnt und weich auf.

Paul Drake, der ungeduldig gewartet hatte, trat aus dem Schatten des Spätnachmittags und eilte Perry Mason und Della Street entgegen.

»Du hast deinen Wagen in Ensenada gelassen?« fragte er.

»Ja«, antwortete Mason. »Ich kann ihn später holen lassen. Im Moment arbeiten wir gegen die Zeit.«

»Wir arbeiten gegen die Zeit und gegen einen Umstand, der dir gar nicht gefallen wird«, erklärte Drake.

»Und zwar?«

»Ich habe eine Abbildung in der Zeitung gesehen.«

»Und?«
»Perry, ich glaube, es handelt sich um den Mann, den ich für einen Zustellungsbeamten hielt — vielleicht ist er es, vielleicht nicht, aber auf jeden Fall hat er Duttons Appartement beobachtet.«
»Aber du kannst nach einem solchen Zeitungsfoto niemand eindeutig identifizieren«, sagte Mason.
»Das weiß ich selber, aber ich kann den Mann immerhin soweit identifizieren, um Leutnant Tragg mitzuteilen, daß ich ihm vielleicht behilflich sein kann. Und dann muß ich ins Gerichtsmedizinische Institut gehen und mir die Leiche anschauen.«
»Und wenn du den Mann identifizierst, mußt du Tragg erklären, wo und wann du ihn gesehen hast.«
»Richtig.«
»Und damit bringst du meinen Klienten in größte Schwierigkeiten.«
»Die hat er bereits«, meinte Drake.
»Gut, aber du reitest ihn noch tiefer rein.«
»Das ist gar nicht mehr möglich. Zumindest, sobald mein Mitarbeiter aussagt. Du weißt, daß er Dutton beschattet, an der Telefonzelle ein Tonbandgerät angebracht hat und eine Unterhaltung kennt, in der Dutton sich bereit erklärte, jemanden im Barclay Country Club am siebten Abschlag zu treffen. Genau dort hat man den Ermordeten gefunden.«
»Dein Mitarbeiter ist jetzt in Ensenada, nicht wahr?« fragte Mason nachdenklich.
»Nein, er ist auf dem Weg hierher«, entgegnete Drake. »Und bis er hier ist, weiß er genau, was er zu tun hat. Er wird sich bei der Polizei melden, und die Polizei beschlagnahmt das Tonband.«
»Wer hat das Tonband im Moment?«
»Er. Im Handschuhfach seines Wagens. Auch du trägst Verantwortung, Perry. Du kannst kein Beweismaterial unterschlagen. Du kannst einen Klienten vertreten, ohne dich darum zu kümmern, was für Belastungsmaterial gegen ihn vorliegt, aber du darfst kein Indiz für einen Mord unterschlagen.«
»Gut«, sagte Mason, »schreiten wir zur Tat, bevor man uns zwingt. Wir rufen Leutnant Tragg an. Anschließend soll uns Pinky zum Flughafen von Los Angeles bringen, und Tragg kann uns dort abholen.«
»Und unsere Wagen sind über das ganze Land verstreut«,

murrte Drake. »Deiner steht in Ensenada, meiner hier auf dem Tri-City-Airport.«
»Das ist kein Problem«, meinte Mason. »Wir können jederzeit einen Wagen mieten. Im Moment kämpfen wir gegen die Zeit. Della kann dein Auto nach Los Angeles fahren.«
»Was hast du aus deinem Klienten herausbekommen?« fragte Drake.
»Nichts.«
»Die einzige Verteidigungsmöglichkeit, die dir bleibt, ist, auf Notwehr zu plädieren. Dein Klient hat sich mit dem Kerl auf dem Golfplatz getroffen. Wer er auch immer ist, er hat Dutton erpreßt. Es wurde brenzlig, und dein Klient mußte den anderen erschießen, um sich zu retten. Die Polizei hat fünftausend Dollar in Fünfzigernoten bei ihm gefunden, als er an der Grenze verhaftet wurde. Sie glaubt, daß er erpreßt worden ist und bereit war, zu zahlen.«
»Das glaubt die Polizei«, sagte Mason. »Woher weiß sie, daß das Geld nicht für die Flucht bestimmt war?«
»Die Polizei scheint Dinge zu wissen, die wir nicht wissen.«
»Offenbar. Es gibt so viel, was ich nicht weiß, daß es mir schon peinlich ist. Die beste Verteidigung ist die Wahrheit, aber in diesem Fall kenne ich die Wahrheit nicht, und ich bin keineswegs überzeugt davon, daß mein Klient sie mir sagen wird.«
»Warum nicht?«
»Es könnte immerhin sein, daß er jemand decken will oder es zumindest versucht.«
»Eine Frau?«
»Ich muß jetzt telefonieren.«
Mason rief das Polizeipräsidium von Los Angeles an und ließ sich mit Leutnant Tragg vom Morddezernat verbinden.
»Wie ich höre, untersuchen Sie den Todesfall im Barclay Country Club.«
»Haben Sie es in der Zeitung gelesen?«
»Man hat mir erzählt, daß es in der Zeitung steht.«
»Ja, ja«, erwiderte Tragg. »Ich vermute, daß Sie Informationen in Zusammenhang mit diesem Fall besitzen und sie bisher zurückgehalten haben. Jetzt haben Sie eingesehen, daß es zu gefährlich ist, sie noch länger zu verschweigen, und sind endlich bereit, mit uns zusammenzuarbeiten.«
»Sie tun mir unrecht«, meinte Mason und grinste.
»Ich weiß, das tue ich immer«, entgegnete Tragg trocken.

»Ich bin eben erst mit dem Flugzeug aus Mexiko angekommen«, berichtete Mason. »Ich habe mich mit Paul Drake unterhalten, und er hat mir gesagt, daß er nach dem Foto in den Zeitungen meint, den Ermordeten gestern abend gesehen zu haben.«
»Wo? Wann?« Die Fragen kamen wie Peitschenhiebe.
»Nicht so schnell«, sagte Mason. »Wir wissen noch nicht mit Sicherheit, ob es sich um dieselbe Person handelt.«
»Dann tun Sie gut daran, das auf schnellstem Wege festzustellen«, entgegnete Tragg. »Wenn Paul Drake irgendwelche Informationen besitzt, die dazu dienen können, den Mordfall aufzuklären, muß er sie uns sofort weitergeben.«
»Deswegen rufe ich ja an«, bemerkte Mason. »Wir haben extra ein Flugzeug gechartert und fliegen damit nach Los Angeles. Erwarten Sie uns in einer halben Stunde am Flughafen. Wir fahren mit Ihnen zum Gerichtsmedizinischen Institut. Wenn es sich herausstellt, daß es sich um denselben Mann handelt, wird Drake Ihnen gern jede Auskunft geben.«
»Wir haben jemand verhaftet, um ihn wegen dieses Mordfalles zu verhören«, berichtete Tragg. »Meinen Sie, es könnte vielleicht zufällig sein – ich weiß natürlich, die Chancen stehen eins zu tausend –, daß dieser Mann ein Klient von Ihnen ist, Mason?«
»Das Opfer?«
»Nein, der Mann, den wir festgenommen haben.«
»Es kommt darauf an, wen Sie festgenommen haben.«
»Einen Mann namens Kerry Dutton«, erklärte Tragg. »Einen jungen Anlageberater, der in seinem Beruf recht erfolgreich zu sein scheint.«
»Und was hat er mit dem Mord zu tun?«
»Ich habe meine Frage zuerst gestellt«, sagte Tragg bestimmt. »Ist Kerry Dutton zufällig einer Ihrer Klienten?«
»Ja.«
»Das erklärt eine Menge. Wo sind Sie jetzt?«
Mason sagte es ihm.
»Glauben Sie, daß Sie innerhalb von fünfundzwanzig bis dreißig Minuten hier sein können?«
»Ja, unsere zweimotorige Maschine ist startbereit.«
»Dann steigen Sie ein, und fliegen Sie los«, sagte Tragg. »Ich werde Sie persönlich am Flughafen erwarten, Mason, ich verlange hundertprozentige Zusammenarbeit – haben Sie ver-

standen, hundertprozentige Zusammenarbeit. Wir spielen hier nicht Flohhüpfen. Es handelt sich um Mord.«
»Gut, bis gleich«, entgegnete Mason.
Er legte auf.
»Wie ist die Lage?« fragte Drake.
»Unangenehm. Du weißt, wie Tragg werden kann, wenn nicht alles nach Plan läuft.«
»Und wenn alles nach Plan läuft?«
»Steht es für meinen Klienten denkbar schlecht«, erklärte Mason.
Sie ließen Pinky gerade Zeit, seinen Kaffee auszutrinken. Dann flogen sie nach Los Angeles, wo Tragg auf dem Flughafen wartete.
»Berichten Sie.«
»Bevor wir uns unterhalten, müssen wir erst zum Gerichtsmedizinischen Institut fahren«, erklärte Mason. »Wir wissen ja noch nicht, ob es sich um dieselbe Person handelt.«
»Sie erzählen mir unterwegs die Hauptsachen«, sagte Tragg. »Wenn sich dann herausstellt, daß es derselbe Mann ist, haben wir keine Zeit verloren. Ist er es nicht, behandle ich die Informationen vertraulich.«
»Tut mir leid«, entgegnete Mason, »das geht nicht. Es handelt sich um mein Berufsgeheimnis.«
»Unter diesen Umständen können Sie sich auf eine wilde Fahrt gefaßt machen«, drohte Tragg. »Schnallen Sie sich lieber an — und halten Sie Ihren Hut fest.«
Sie erreichten das Gerichtsmedizinische Institut in einer Rekordzeit. Tragg und der Kriminalbeamte, der ihn begleitete, gingen in den großen, stillen Raum voraus, in dessen Wänden sich die Stahlfächer befanden.
Der Beamte kannte die Nummer und zog den auf Rollschienen laufenden Stahlkasten heraus.
Drake starrte mindestens zehn Sekunden lang auf die Leiche.
»Also«, fragte Tragg schließlich, »ist er es oder nicht?«
Drake sah Mason an, zuckte die Achseln und wandte sich wieder Tragg zu. »Ja«, sagte er.
»Gut, dann fangen wir an. Wir haben schon genug Zeit versäumt — vielleicht zuviel.«
»Ich hatte gestern die Aufgabe, Kerry Dutton zu beschatten«, berichtete Drake.
»Weiter.«

»Ich war nicht der einzige, der sich für Dutton interessierte.«
»Wer noch?«
»Dieser Mann«, erklärte Drake und deutete auf die Leiche.
»Was wissen Sie über ihn?«
»Nichts. Ich hielt ihn für einen Zustellungsbeamten.«
»Er hat Dutton beschattet?«
»Er hat auf ihn gewartet. Das heißt, er hat Duttons Appartement beobachtet, und ich war der Meinung, daß er eine Urkunde zustellen wollte.«
»Wie sind Sie auf die Idee gekommen?«
»Durch seine ganze Art.«
»Gut«, erklärte Tragg. »Ich möchte Ihnen nicht jedes Wort einzeln aus der Nase ziehen. Meine Zeit ist kostbar. Wir ermitteln in einer Mordsache und wollen nicht den Falschen verdächtigen, sondern den Richtigen.«
»Ich kann Ihnen über den Ermordeten nicht viel berichten«, sagte Drake. »Ich kann Ihnen höchstens seine Wagennummer geben. Ich habe sie mir aufgeschrieben, mich erkundigt und seinen Namen erfahren.«
Traggs Gesicht hellte sich auf. »Wie lautet die Nummer?«
Drake zog sein Notizbuch heraus und nannte Tragg die Autonummer des Besitzers.
Tragg schoß zum Telefon und sprudelte rasche Anweisungen hervor; der Zulassungsantrag sollte herausgesucht, die Fingerabdrücke sollten durch Funk übermittelt und verglichen werden.
Als er fertig war, kam er zu Drake und Perry Mason zurück.
»Warum haben Sie Kerry Dutton beschattet?« fragte er.
Drake wollte antworten, fing Masons Blick auf und zögerte.
»Weil mich Perry Mason damit beauftragt hat«, sagte er schließlich.
Tragg bekam einen roten Kopf. »Keine Ausflüchte!« wetterte er.
»Das sind keine Ausflüchte«, erklärte Mason. »Es war eine offene Antwort. Mehr weiß Paul Drake nicht darüber.«
»Gut, dann frage ich eben Sie: Warum haben Sie Paul Drake beauftragt, Dutton zu beschatten?«
»Darauf darf ich Ihnen nicht antworten.«
»Sie werden alles sagen, was Sie über diesen Mord wissen, oder Sie sitzen bis über beide Ohren in der Tinte.«
»Ich werde alles sagen, was ich über den Mord weiß«, erklärte Mason.

»Nun, was Sie über Dutton wissen, deckt sich mit dem, was wir über den Mord wissen.«

»Das glaube ich nicht«, entgegnete Mason. »Ich habe Paul Drake beauftragt, Dutton zu beschatten, weil mich die Frage meiner Verantwortung in diesem Fall belastete.«

»Das habe ich mir gedacht«, erklärte Tragg. »Im allgemeinen läßt man seine Klienten nicht von einem Detektiv beschatten.«

»Manchmal schon.«

»Beantworten Sie mir jetzt eine wichtige Frage: Hat sich Kerry Dutton während dieser Beschattung in der Nähe vom Barclay Country Club aufgehalten?«

Schweigen. »Ich glaube«, begann Mason vorsichtig, »daß ich diese Frage beantworten sollte. Ja, es war der Fall.«

Traggs Miene erhellte sich. »Um welche Zeit?«

»Wann war es, Paul?«

»Zwischen zweiundzwanzig Uhr zehn und zweiundzwanzig Uhr zwanzig.«

»Sie sollen nicht das Gefühl haben, daß Sie uns jede kleinste Information mühsam entreißen müssen«, sagte Mason. »Deshalb teile ich Ihnen mit, daß Dutton, bevor er zum Golfclub hinausfuhr, mit jemand sprach und sich offenbar im Barclay Country Club verabredete.«

»Woher wissen Sie das?«

»Er ging in eine Telefonzelle und rief jemand an. Einer von Drakes Leuten beschattete ihn. Der Detektiv befestigte ein Taschentonbandgerät an der Rückwand der Telefonzelle und ging weg. Es handelt sich um ein hochempfindliches Gerät, klein, aber ausgezeichnet. Nachdem Dutton weggefahren war, kam Drakes Mann zurück, holte das Tonbandgerät und hörte die Unterhaltung ab. Daraufhin fuhr er zum Barclay Country Club.«

»Er ist Dutton nicht sofort nachgefahren?«

»Nein, Dutton raste bei Rot über die Kreuzungen und fuhr wie ein Wahnsinniger. Drakes Mann hat versucht, ihn zu verfolgen, es ist ihm aber nicht gelungen. Deshalb ist er zu der Telefonzelle zurückgefahren, hat das Gespräch abgehört und festgestellt, daß Dutton im Barclay Country Club verabredet war.«

»Und ist sofort hingefahren?«

»Ja, auf der Stelle.«

»Duttons Wagen stand vor dem Club?«

»Richtig. Duttons Wagen und noch ein paar andere.«
»Hatte eines der Autos die Nummer, die Sie mir eben genannt haben?« fragte Tragg.
»Das weiß ich noch nicht, aber das werden wir erfahren.«
Das Telefon schrillte.
Tragg nahm den Hörer ab. »Ja ... am Apparat.« Er hörte einige Sekunden aufmerksam zu. Dann machte sich ein Grinsen auf seinem Gesicht breit. »Das genügt«, sagte er. »Okay.« Er legte auf. »Die Leiche ist identifiziert. Es handelt sich um Rodger Palmer. Er war bis zum Tod von Templeton Ellis bei ihm angestellt. Anschließend arbeitete er bei der Steer Ridge Oil & Refining Company. Hat eine seiner Tätigkeiten etwas mit Ihnen bekannten Tatsachen zu tun?«
Mason wählte seine Worte vorsichtig. »Templeton Ellis war der Vater von Desere Ellis. Kerry Dutton ist der testamentarisch eingesetzte Vermögensverwalter für Miss Ellis. Ein Teil der Erbmasse bestand, glaube ich, aus Aktien der Steer Ridge Oil & Refining Company.«
Tragg wandte sich an Drake. »Wie heißt der Mann, der Dutton beschattet hat?«
»Tom Fulton.«
»Wo ist Fulton jetzt?«
»Auf dem Rückweg von Ensenada.«
»Wo meldet er sich nach seiner Ankunft?«
»In meinem Büro.«
»Ich möchte ihn sofort sprechen«, erklärte Tragg. »Außerdem möchte ich ganz sichergehen, daß dem Tonband nichts passiert. Es gehört zum Beweismaterial, und ich will es haben.«
»Sie werden es bekommen«, versprach Mason.
»Aus Ihnen etwas herauszukriegen, ist weiß Gott nicht einfach«, sagte Tragg. »Trotzdem danke ich Ihnen für Ihre Mitarbeit.«
»Wir haben Ihnen gesagt, was wir wissen«, erklärte Mason.
»Sie haben mir das unumgänglich Notwendige gesagt«, verbesserte Tragg. »Aber trotzdem bin ich Ihnen dankbar. Es ist unangenehm, wenn eine Leiche nicht identifiziert werden kann.«
»Aber selbst ohne Identifizierung fanden Sie den Verdacht gegen Kerry Dutton begründet?«
Tragg grinste. »Wir haben ihn hergeholt, weil wir ihn verhören wollen.«

»In Mexiko war von einem Haftbefehl und einer Anklage wegen vorsätzlichen Mordes die Rede.«
»Was Sie nicht sagen!«
»Haben Sie denn nicht Duttons Auslieferung verlangt?«
»Wir konnten ihn schließlich nicht ohne Grund ausliefern lassen.«
»Aber er ist verhaftet?«
»Er wurde hergeholt, weil wir ihn verhören wollen.«
»Dutton ist mein Klient, ich möchte mit ihm sprechen.«
»Sobald er wegen irgend etwas angeklagt ist, können Sie mit ihm sprechen. Wenn er ins Gefängnis eingeliefert wird, kann er einen Anwalt rufen.«
»Wo ist er jetzt?«
»Um es auf Ihre Art auszudrücken: Soviel ich weiß, ist er zwischen hier und dort.«
»Und was bedeutet dort?«
»Tecate«, antwortete Tragg grinsend. »Es ist viel einfacher für uns, ihn in Tecate in Empfang zu nehmen als in Tijuana. Die Mexikaner haben ihn als unerwünschten Ausländer ausgewiesen und in die Vereinigten Staaten nach Tecate abgeschoben.«
Mason wandte sich an Paul Drake. »Okay, Paul, fahren wir ins Büro. Della müßte inzwischen mit deinem Wagen angelangt sein.«
»Bleiben Sie lieber in der Nähe Ihres Büros«, sagte Tragg. »Falls Kerry Dutton Sie anrufen will, wird ihm ein Telefonat gestattet. Eines!«
»Das sollte genügen«, meinte Mason.

## 11

Perry Mason und Paul Drake sahen Pauls Wagen auf dem Parkplatz des Bürohauses stehen.
»Und was ist mit Fulton, Paul?« fragte Mason.
»Was soll mit ihm sein?«
»Wir müssen uns sofort mit ihm in Verbindung setzen.«
»Er ist auf dem Rückweg von Ensenada. Die Polizei fängt ihn bestimmt ab, um das Tonbandgerät zu schnappen.«
»Eben. Wir müssen ihr zuvorkommen.«
Drake schüttelte den Kopf.

»Meinst du, daß wir es nicht schaffen?«
»Nein, ich meine, daß das nicht geschehen wird«, antwortete Drake. »Ich muß an meine Lizenz denken. Wir können in einem Mordfall mit der Polizei nicht Versteck spielen. Du als Anwalt solltest das wissen.«
Mason entgegnete langsam und betonte jedes Wort: »Paul, ich bin Anwalt. Ich habe auch eine Lizenz, genau wie du. Ich werde kein Beweismaterial unterschlagen, und du wirst kein Beweismaterial unterschlagen. Wir werden es weder fälschen noch damit herummanipulieren, aber ich vertrete einen Klienten. Die Polizei versucht, diesen Klienten des vorsätzlichen Mordes zu überführen. Sie geht ziemlich scharf ran. Das bedeutet, daß sie Beweismaterial in der Hand hat, von dem wir nichts wissen. Ich muß herausfinden, worum es sich handelt. Der Mann, der Dutton beschattet hat, wird als Zeuge der Anklage vorgeladen werden. Das können wir nicht verhindern, aber wir haben das Recht, zum frühestmöglichen Zeitpunkt einen Bericht von ihm zu bekommen. Du bezahlst ihn, und ich bezahle dich. Also, was für einen Wagen fährt er? Welche Strecke wird er nehmen?«
Drake schüttelte den Kopf. »Die Sache gefällt mir nicht.«
»Sie braucht dir auch nicht zu gefallen«, entgegnete Mason. »Ich weiß, was ich tue. Ich verlange keinerlei Gesetzesübertretung von dir.«
»Also gut«, antwortete Drake widerwillig. »Ecke Melwood und Figueroa ist eine Tankstelle. Ein Riesenladen mit vielen Angestellten. Meine Leute sind angewiesen, dort den Wagen volltanken zu lassen, wenn sie von einer längeren Reise zurückkommen. Der Geschäftsführer kennt die meisten meiner Angestellten, und Tom Fulton ganz bestimmt. Wir können ihn fragen, ob Tom schon dort gewesen ist. In dem Fall hat sich Tom bereits in meinem Büro gemeldet und sitzt entweder gerade bei der Polizei oder wird dort sitzen, bevor wir ihn erwischen können.«
»Ruf sofort an, Paul.«
Drake eilte in die Telefonzelle und kam kopfschüttelnd zurück. »Er war noch nicht dort. Wer weiß, wann er eintrudelt. Der Mann war die ganze Nacht auf dem Posten, und von Ensenada nach Los Angeles ist es ganz schön weit. Man kann es ihm nicht verdenken, wenn er sich ein bißchen aufs Ohr gelegt hat.«
»Die Polizei läßt garantiert dein Büro beobachten, Paul. Ich

möchte keinerlei Risiko eingehen. Es bleibt uns nichts anderes übrig, du mußt zu der Tankstelle fahren und warten – ach was, wir fahren beide hin. Wahrscheinlich wird mein Büro genauso beobachtet wie deines. Die Polizei rechnet sicher damit, daß wir Fulton abzufangen versuchen. Komm, Paul, wir fahren hin und warten.«

In der Tankstelle winkte Drake den Geschäftsführer heran. »Wir wollen ein Weilchen hier warten, Jim.«

»Er war noch nicht da«, berichtete der Geschäftsführer und betrachtete Perry Mason neugierig.

»Wir wollen die Dinge möglichst beschleunigen«, erklärte Drake. »Fulton ist Zeuge, und wir möchten . . .«

»Daß er sich sofort bei der Polizei meldet«, warf Mason ein.

»Okay, dort drüben können Sie parken«, sagte der Geschäftsführer. »Machen Sie sich's bequem. Haben Sie eine Ahnung, wann er kommt?«

»Es kann nicht mehr lange dauern«, meinte Drake.

Drake steuerte den Wagen in die Parklücke. Von hier aus konnten sie die ganze Tankstelle überblicken.

»Möchtest du nicht Della Street anrufen und ihr sagen, wo wir sind?« fragte Drake.

Mason schüttelte den Kopf. »Besser nicht. Sollen sie sich doch alle eine Zeitlang den Kopf zerbrechen.«

Anderthalb Stunden vergingen. Dann packte Drake Perry Mason plötzlich am Arm. »Hier kommt er, Perry. Denk daran, daß wir nichts tun dürfen, wodurch uns die Polizei an den Kragen kann.«

Mason machte große, unschuldige Augen – zu unschuldig. »Aber natürlich nicht, Paul! Wir arbeiten lediglich mit der Polizei zusammen. Ruf Fulton her.«

Während Fultons Benzintank aufgefüllt wurde, winkte Drake seinen Angestellten heran.

»Hallo, Mr. Drake. Was machen Sie denn hier?«

»Ich warte auf Sie«, erklärte Drake.

»Meine Güte, das tut mir aber leid. Ich habe mich in Ensenada ein bißchen hingelegt, bevor ich losgefahren bin. Ich hatte Angst, am Steuer einzuschlafen, und . . .«

»Schon in Ordnung.«

Der Detektiv kniff die Augen zusammen. »Sie trifft man auch überall, Mr. Mason.«

»Er möchte Ihnen ein paar Fragen stellen«, erklärte Drake.

»Bitte.«
»Sie haben Dutton gestern nacht aus den Augen verloren?« begann Mason.
»Richtig. Er ist wie ein Verrückter durch die Stadt gefahren, bei Rot über die Kreuzung, nach rechts, nach links, die reinste Hetzjagd. Um ein Haar hätte ich dabei einen Zusammenstoß gehabt. Ich hatte gehofft, daß wir beide geschnappt würden und ich der Polizei dann alles erklären könnte. So ein Risiko muß unsereins immer eingehen.«
»Und wie haben Sie ihn wieder gefunden?«
»Er ging in eine Telefonzelle, und ich habe ein kleines Abhörgerät an der Rückwand montiert.«
»Und was haben Sie herausgefunden?«
»Daß er sich im Barclay Country Club am Abschlag sieben verabredet hatte. Das habe ich Mr. Drake bereits berichtet.«
»Ich möchte es jetzt offiziell von Ihnen hören«, sagte Mason. »Sie haben Dutton im Golfclub nicht gesehen?«
»Nein, nicht sofort, aber sein Wagen stand da.«
»Haben Sie versucht hineinzukommen?«
»Ich habe probiert, ob die Tür offen war.«
»Und war sie es?«
»Nein. Sie hatte ein Schnappschloß.«
»Also haben Sie gewartet?«
»Ja.«
»Wie lange haben Sie gewartet?«
»Zwölf Minuten.«
»Und dann?«
»Ist er herausgekommen.«
»Wie hat er sich benommen? War er aufgeregt?«
»Er schien – ja, er schien es sehr eilig zu haben. Er handelte absolut zielstrebig.«
»Er hat Sie nicht weiter beachtet?«
»Mein Auto stand im Baumschatten. Ich hatte mich auf dem Rücksitz zusammengekauert, um jeden Verdacht von vornherein auszuschließen.«
»Waren noch andere Wagen vor dem Clubhaus geparkt?«
»Ja, ein paar.«
»Sie haben sich die Nummern nicht aufgeschrieben?«
»Nein, ich habe Duttons Wagen entdeckt, und den sollte ich ja beschatten. Also habe ich mich um die anderen nicht weiter gekümmert – dazu hatte ich keinen Auftrag.«

»Okay. Ich mache Ihnen ja keinen Vorwurf. Aber können Sie die anderen Wagen beschreiben?«
»Meine Güte, es waren ganz – ganz gewöhnliche Autos.«
»Kein auffälliges Modell, kein Sportwagen oder irgendein Straßenkreuzer?«
»Nein, soviel ich mich erinnern kann, waren es lauter durchschnittliche Wagen. Ich war der Meinung, daß sie Angestellten gehören, die auf dem Golfgelände wohnen. Es waren nicht viele – vielleicht drei oder vier.«
»Gut. Wir haben nicht viel Zeit und müssen uns auf das Wichtigste beschränken. Dutton kam also heraus, stieg in seinen Wagen und fuhr weg?«
»Richtig.«
»Sie haben ihn verfolgt?«
»Ja.«
»Irgendwelche Schwierigkeiten?«
»Nur einmal. Ich folgte ihm zunächst mit abgeblendeten Scheinwerfern. Plötzlich bremste Dutton und setzte dann zurück. Es blieb mir nichts anderes übrig, als weiterzufahren.«
»Also haben Sie ihn wieder verloren?«
»Nein. Ich fuhr ein Stück weiter und hielt am Straßenrand, holte ein rotes Blinklicht und den Wagenheber aus dem Kofferraum und tat so, als müsse ich einen Reifen wechseln. Während der ganzen Zeit habe ich Dutton beobachtet.«
»Wie weit war er von Ihnen entfernt?«
»Vielleicht achthundert Meter.«
»Mit aufgeblendeten Scheinwerfern?«
»Ja.«
»Sie konnten ihn nicht sehen, sondern nur die Scheinwerfer?«
»Richtig.«
»Er hat einfach angehalten?«
»Ja.«
»Und dann?«
»Dann ist er wieder in seinem Wagen weitergefahren?«
»Was haben Sie daraufhin gemacht?«
»Ich stand hilflos da und mußte ihn vorbeifahren lassen. Als er genügend Vorsprung hatte, habe ich den Wagenheber und das Blinklicht auf den Rücksitz geworfen, mich ans Steuer gesetzt und bin ihm nachgefahren. Niemand hält es für möglich, daß eine Reifenpanne schneller behoben wird; daher schöpft auch niemand Verdacht.«

»Wie weit haben Sie ihn verfolgt?«
»Über die Grenze bis nach Ensenada.«
»Hat er unterwegs angehalten?«
»Nur einmal an einer Cafeteria.«
»Und Sie?«
»Ich habe vor der Cafeteria in meinem Wagen gesessen, und das Wasser ist mir im Mund zusammengelaufen«, berichtete der Detektiv. »Ich hätte einen Wochenlohn für eine Tasse Kaffee gegeben, aber ich habe es nicht gewagt, mich zu zeigen, also bin ich draußen sitzen geblieben und habe gewartet, bis er wiederkam.«
»Glauben Sie, er wußte, daß er verfolgt wird?«
»Ich nehme es nicht an. Ich bin immer wieder zurückgeblieben, habe ihn dann überholt, so daß ich seine Scheinwerfer im Rückspiegel sehen konnte, und stoppte vor einer Cafeteria. Sobald er mich überholt hatte, habe ich die Verfolgung wiederaufgenommen.«
»Und nun zu dem Tonband«, sagte Mason. »Haben Sie es bei sich?«
»Ja.«
»Die Polizei ist daran interessiert.«
»Das habe ich mir gedacht. Ich wollte Mr. Drake schon fragen, was ich damit machen soll.«
»Fahren Sie ins Büro«, erklärte Mason. »Erzählen Sie niemand, daß Sie Drake und mich gesehen haben, bis Sie ausdrücklich danach gefragt werden. Wenn die Polizei Sie verhört, lügen Sie nicht. Sagen Sie, daß ich Sie abgepaßt und Sie gebeten habe, das Beweismaterial sofort zur Polizei zu bringen, die bereits ungeduldig darauf wartet.«
»Und über Mr. Drake sage ich nichts?«
»Erst wenn man Sie ausdrücklich nach ihm fragt. Erkundigt man sich, ob Sie mit jemand gesprochen haben, sagen Sie, mit mir. Fragt man Sie, ob ich in Begleitung war, dann können Sie sagen, daß Paul Drake dabei gewesen ist. Aber geben Sie keine freiwilligen Informationen. Erwecken Sie trotzdem den Eindruck, daß Sie zu jeder Zusammenarbeit bereit sind.«
Fulton nickte.
»Noch etwas«, sagte Mason. »Warum hat Dutton angehalten? Haben Sie eine Ahnung?«
»Nein. Aber ich habe auf meinem Kilometerzähler nachgesehen.«

Mason strahlte. »Tatsächlich?«
»Ja. Dutton war etwas über zwei Kilometer vom Eingang des Barclay Country Club entfernt, als er anhielt.«
Mason wandte sich an Paul Drake. »Du mußt ihm ein erstklassiges Abendessen spendieren, Paul – ihm und seiner Frau. Sind Sie verheiratet, Fulton?«
»Noch nicht«, antwortete Fulton und grinste. »Ich war mal verheiratet, aber es hat nicht geklappt. Und jetzt will ich's noch einmal riskieren. Diesmal haut es bestimmt hin.«
»Gehen Sie mit Ihrer Freundin in das beste Restaurant von Los Angeles«, erklärte Mason. »Bestellen Sie, was Sie wollen. Trinken Sie eine Flasche Sekt und verbrauchen Sie die Rechnung auf Spesenkosten.«
Fulton streckte ihm die Hand hin. »Das ist prima von Ihnen, Mr. Mason.«
»Ich freue mich immer, wenn jemand gute Arbeit leistet«, sagte der Anwalt.
Fulton sah Drake an. »Sonst noch etwas?«
Mason schüttelte den Kopf.
»Okay. Dann haue ich jetzt ab. Soll ich den üblichen Bericht machen?«
»Genau«, sagte Drake. »Setzen Sie sich an die Schreibmaschine und tippen Sie los.«
»Kann ich der Polizei sagen, daß Dutton zwei Kilometer nach dem Golfclub angehalten hat?«
»Natürlich«, antwortete Mason. »Verschweigen Sie ja nichts. Denken Sie daran, daß ich Sie ausdrücklich darauf hingewiesen habe. Der Polizei dürfen Sie keinerlei Informationen vorenthalten.«
Fulton unterschrieb die Benzinrechnung und fuhr weg.
»Na schön«, sagte Drake. »Jetzt können wir . . .«
»Zu dem Abzugskanal fahren und nachsehen«, unterbrach ihn Mason.
»Zu dem Abzugskanal?« wiederholte Drake.
»Freilich. Deshalb hat Dutton doch angehalten und ist zurückgefahren. Wir wollen nachsehen, was er in dem Rohr versteckt hat.«
»Und dann?«
»Dann«, entgegnete Mason lächelnd, »rühren wir nichts an. Wir berichten Tragg, daß Fulton uns erzählt hat, Dutton habe ungefähr zwei Kilometer nach dem Golfclub angehalten; daß

wir hingefahren sind, um uns zu vergewissern, weshalb er das getan hat, und zu unserem Erstaunen einen Abzugskanal entdeckt, das Rohr inspiziert und den Eindruck gewonnen haben, daß dort etwas versteckt worden ist. Deshalb wollten wir die Polizei verständigen.«
»Tragg wird verrückt spielen«, meinte Drake.
»Laß ihn doch.«
»Und wenn dort nun gar kein Abzugskanal ist?«
»Darauf gehe ich jede Wette ein«, sagte Mason.
»Und wenn die Polizei das schon geprüft hat?«
»Das wäre durchaus möglich. Wenn ein Gauner belastendes Material loswerden will, sucht er sich den nächsten Abzugskanal aus. Ist Tragg so gerissen, wie ich glaube, so hat er seine Leute wahrscheinlich schon angewiesen, den ersten Abzugskanal auf sämtlichen Straßen aufzusuchen, die vom Golfclub weggehen.«
»Und damit sind sie uns voraus.«
Mason grinste. »Aber nur um eine Nasenlänge, Paul. Komm, wir ziehen los. Wenn du nichts dagegen hast, fahre ich. Wir haben nicht viel Zeit.«
Mason fuhr zum Golfclub, las den Kilometerstand ab, wendete und hielt nach zwei Kilometern.
»Du hast recht«, sagte Drake, »ein Abzugskanal.«
»Man sieht noch die Bremsspuren«, erklärte Mason. »Schauen wir uns die Sache einmal genauer an, Paul.«
Der Anwalt parkte den Wagen am Straßenrand, stieg aus, öffnete die Kühlerhaube, holte eine Taschenlampe aus dem Handschuhfach und kletterte die Böschung hinunter. Er hielt nach beiden Seiten Ausschau. »Sag mir, wenn die Luft rein ist, Paul«, rief er.
»Okay«, erklärte Paul, nachdem zwei Wagen vorbeigebraust waren. »Die Straße ist jetzt frei.«
Mason kniete sich auf den Boden und spähte in den Abzugskanal.
»Siehst du etwas?« fragte Drake.
»Fußspuren«, erklärte Mason. »Sonst nichts.«
»Da kommt ein Wagen, Perry.«
Mason richtete sich schnell auf und kletterte die Böschung hinauf.
Der Wagen stoppte. »Haben Sie eine Panne?« fragte der Fahrer und deutete auf die Kühlerhaube.

»Luft im Vergaser, weiter nichts«, entgegnete Mason lächelnd. »Wenn ich den Motor ein bißchen abkühlen lasse, reguliert sich das von selber. Schönen Dank.«
Der Fahrer winkte ihm zu. »Hals- und Beinbruch«, sagte er und fuhr weiter.
Nachdenklich klappte Mason die Kühlerhaube zu, stieg ein und drückte auf den Anlasser.
»Und jetzt?« fragte Drake.
»Jetzt werde ich versuchen, mit meinem Klienten zu sprechen. Ich werde ihn fragen, was er hier versteckt hat.«

## 12

Mason sah über die Barriere hinweg in das sorgenvolle Gesicht seines Klienten.
»Was haben Sie der Polizei gesagt?«
»Gar nichts«, antwortete Dutton. »Ich habe lediglich gegen die Art und Weise protestiert, wie man mich verhaftet und aus Ensenada abgeschoben hat. Und ich habe erklärt, daß ich das Verhalten der Polizei als Kidnapping und als Eingriff in meine staatsbürgerlichen Rechte empfände und viel zu wütend sei, um der Polizei bei ihrer Arbeit etwa gar noch zu helfen.«
»Gut«, entgegnete Mason. »Sehr gut. Leider läßt sich nur damit kein Mensch hinters Licht führen. Was hat man gegen Sie in der Hand?«
»Keine Ahnung.«
»Die Polizei muß etwas haben«, erklärte Mason. »Wie wäre es, wenn Sie endlich mit der Wahrheit herausrückten?«
»Ich wollte der Polizei schon alles berichten«, sagte Dutton, »habe mich aber an Ihre Instruktionen gehalten, Sie sind ja mein Anwalt. Wenn ich der Polizei gegenüber offen gewesen wäre, säße ich jetzt nicht hier.«
»Glauben Sie?«
»Mit Sicherheit«, antwortete Dutton. »Man kann mir nicht das Geringste zur Last legen.«
»Gut, erzählen Sie mir Ihre Geschichte«, forderte Mason. »Und wenn ich sie Ihnen abkaufe, können Sie sie bei der Polizei und beim District Attorney vorbringen.«
»Es gibt nicht viel zu erzählen«, sagte Dutton.

»Haben Sie den Toten gekannt?«
»Telefonisch. Das heißt, wenn es sich um Rodger Palmer handelt.«
»Was wissen Sie von ihm?«
»Nicht viel. Aber er hatte mich in eine eigenartige Lage gebracht.«
»Erpressung?«
»Nicht direkt. Palmer führte einen heimlichen Kampf gegen die Geschäftsleitung der Steer Ridge Oil & Refining Company. Er wollte die leitenden Leute absägen und durch seine Freunde ersetzen.«
»Das wußten Sie?«
»Das wußte ich – zumindest hat er es mir gesagt.«
»Und was geschah nun?«
»Palmer wußte, daß Desere Ellis ein ansehnliches Aktienpaket der Ölgesellschaft besitzt. Er nahm es wenigstens an. Er wußte, daß ihr Vater die Papiere gekauft hatte und daß sie zur Erbmasse gehörten.«
»Also?«
»Also wandte er sich an Miss Ellis und bat sie, ihm Stimmvollmacht zu geben. Sie erklärte ihm, daß sie dazu nicht in der Lage sei, denn das Aktienpaket gehöre zu dem Nachlaß ihres Vaters, den ich verwalte. Daraufhin forderte er sie auf, mir einen Brief zu schreiben und mich zu veranlassen, ihm das Stimmrecht zu übertragen.«
»Und das tat sie?«
»Ja.«
»Und dann?« fragte Mason interessiert.
»Dann war ich natürlich in einer peinlichen Lage«, erklärte Dutton. »Das Aktienpaket war verkauft. Ich wollte vermeiden, daß Desere Ellis davon erfährt. Sie hätte mich daraufhin sofort um eine Abrechnung gebeten. Daher wollte ich Palmer nicht sagen, daß ich die Aktien verkauft hatte.«
»Das war zu der Zeit, als die Aktien schlecht standen?«
»Richtig. Kurz bevor die neue Ölquelle entdeckt wurde. Palmer hätte sich die Kontrolle über die Gesellschaft erkaufen können, wenn er an die Aktien herangekommen wäre und das erforderliche Geld gehabt hätte. Aber er arbeitete praktisch ohne Kapital.«
»Was haben Sie nun unternommen?«
»Ich habe ihm geantwortet, daß ich mehr über seine Sanie-

rungspläne wissen müsse, bevor ich auf Miss Ellis' Wunsch eingehen könne. Er hat mich immer wieder aufgesucht, ich habe ihn jedoch nicht empfangen. Schließlich spielte er seinen Trumpf aus. Er teilte mir mit, daß er mir etwas über Fred Hedley zu sagen habe. Und zwar würde das Hedley ein für allemal bei Desere Ellis unmöglich machen. Palmer gab mir zu verstehen, daß er Geld brauchte, um seinen Kampf gegen die Geschäftsleitung der Steer Ridge Oil & Refining Company durchzuführen. Wenn ich ihm fünftausend Dollar in Fünfzigdollarnoten aushändigen würde, könne er mir Dinge berichten, die Hedley von der Bildfläche verschwinden lassen würden.«
Mason musterte seinen Klienten skeptisch. »Und außerdem wollte er die Stimmvollmacht?«
»Ja.«
»Er war also ein Erpresser?«
»Das dürfte der treffende Ausdruck sein. Aber ich hätte alles getan, um eine Ehe Deseres mit Hedley zu verhindern.«
»Und die Stimmvollmacht?«
»Das war das Erstaunliche und Unglaubliche«, antwortete Dutton. »Als er mir das Angebot machte, beschloß ich, darauf einzugehen. Ich habe zwanzigtausend Aktien der Steer Ridge Oil & Refining Company gekauft. Auf meinen eigenen Namen. Ich habe zwischen zehn und fünfzehn Cent pro Stück bezahlt. Palmer sollte denken, daß es sich um das ursprüngliche Aktienpaket handelte. Nach ein paar Tagen, als die Nachricht über die Ölquelle bekannt wurde, begann der Kurswert enorm zu steigen.«
»Und jetzt laufen sie unter Ihrem Namen?«
»Richtig.«
»Sie haben keine Briefe von Palmer oder andere Beweise, um Ihre Geschichte zu untermauern?«
»Nein.«
»Erzählen Sie das einem Geschworenengericht und fügen Sie hinzu, wie Sie mit dem Vermögen von Desere Ellis manipuliert haben, und Sie sind erledigt.«
»Ich habe nach bestem Wissen und Gewissen gehandelt.«
»Aber zu wessen Vorteil?«
»Zum Vorteil von Desere Ellis und zu meinem.«
Mason schüttelte den Kopf. »Die Geschworenen werden denken, daß Sie die Aktien der Steer Ridge Oil & Refining Company verkauft, später den Tip erhalten haben, daß die neuen

Bohrungen erfolgreich waren, und daraufhin die Papiere zurückgekauft haben, um sich selber zu bereichern. Man wird annehmen, daß Palmer Ihnen auf die Schliche gekommen ist und Sie erpreßt hat.«

Dutton sah ihn entgeistert an. »Von diesem Gesichtspunkt aus habe ich es noch nicht betrachtet.«

»Das sollten Sie aber schleunigst tun«, bemerkte Mason trocken.

»Großer Gott, schlechthin alles kann mir falsch ausgelegt werden.«

»Genau.«

»Nicht einmal Sie glauben mir«, sagte Dutton vorwurfsvoll.

»Ich bemühe mich«, antwortete Mason. »Das gehört zu meiner Aufgabe. Die Geschworenen brauchen das nicht in dem Maße zu tun.«

Finsteres Schweigen. »Sie haben sich also einverstanden erklärt«, sagte Mason schließlich, »Palmer heimlich an einem Ort zu treffen, der für die Bezahlung von Erpressungsgeldern zwar nicht sonderlich geeignet, aber für einen Mord ideal war.«

»Den Ort hat Palmer bestimmt«, sagte Dutton.

»Zu dumm, daß er nicht wieder zum Leben erweckt werden kann, um das den Geschworenen zu sagen«, bemerkte Mason. »Warum haben Sie sich überhaupt darauf eingelassen, ihn auf dem Golfplatz zu treffen?«

»Weil er mich dorthin bestellt hat.«

»Wieso?«

»Das hat er mir nicht gesagt, aber ich nehme an, daß er sehr vorsichtig sein mußte. Er wollte es nicht an die große Glocke hängen, daß er Stimmvollmachten sammeln beziehungsweise die Kontrolle über die Gesellschaft an sich reißen wollte. Er wollte erst fest im Sattel sitzen, bevor er die Katze aus dem Sack ließ, und schien es vermeiden zu wollen, daß ihm jemand auf die Schliche kam. Immerhin hat er mir ja Informationen gegen Geld angeboten.«

»Gut, Sie haben sich darauf eingelassen, ihn auf dem Golfplatz zu treffen, und sind auch hingegangen.«

»Stimmt.«

»Nur zu Ihrer Kenntnis: Die Polizei hat eine Tonbandaufnahme der Unterhaltung, die Sie von einer Telefonzelle aus geführt und in der Sie sich bereit erklärt haben, Palmer auf dem Golfplatz zu treffen. Sie . . .«

Der Anwalt unterbrach sich, als er Duttons bestürzte Miene bemerkte.
»Wie in aller Welt kommt die Polizei zu einer Tonbandaufnahme dieses Gesprächs?« fragte Dutton.
Mason kniff nachdenklich die Augen zusammen. »Das scheint Ihnen einen Schlag zu versetzen.«
»Weiß Gott! Natürlich versetzt mir das einen Schlag. Ich habe von einer öffentlichen Telefonzelle aus angerufen und — Moment, ein Mann ist draußen herumgeschlichen.«
»Und hat ein Taschentonbandgerät an der Telefonzelle angebracht«, erklärte Mason. »Ich hielt es für richtig, Sie davon in Kenntnis zu setzen.«
Dutton senkte den Blick, dann sah er den Anwalt wieder an. »Er hat das Gespräch in der Telefonzelle aufgenommen, aber nicht die Leitung angezapft?«
»Nein, das ist ja gesetzwidrig.«
»Aha. Dann ist auf dem Tonband also nur das festgehalten, was ich gesagt habe?«
»Stimmt, aber Ihre Worte sind reichlich belastend. Sie sagten, daß Sie zum Golfplatz hinausfahren und ihn am siebten Abschlag treffen würden.«
»Ja, das habe ich gesagt. Und die Polizei hat dieses Tonband?«
»Ja.«
Dutton zuckte die Achseln.
»Gut«, erklärte Mason. »Sie haben jetzt lange genug Ausflüchte gemacht, um die Sache in allen Einzelheiten und von jedem Blickwinkel aus abzuwägen. Sie haben genügend Zeit gehabt, sich eine glaubwürdige Geschichte zurechtzulegen. Sie wissen, was die Polizei gegen Sie in der Hand hat, also rücken Sie endlich mit den Tatsachen heraus. Nur so kommen wir weiter, Dutton.«
»Er war bereits tot, als ich ankam«, erklärte Dutton. »Wie lange haben Sie sich dort aufgehalten?«
»Zu lange.«
»Warum?«
»Ich besitze einen Schlüssel zum Clubhaus. Wie alle Mitglieder. Das wußte Palmer. Er hatte sich einen Schlüssel von einem Freund geborgt. Palmer war kein Mitglied. Ich ging durch das Clubhaus auf den Platz hinaus, direkt zum siebten Abschlag. Er liegt ungfähr hundert Meter vom Clubhaus entfernt.
Auf dem ganzen Weg dachte ich, daß ich mich zum Narren

mache. Auf diese Weise trifft man sich nicht mit einem Geschäftspartner zu geschäftlichen Unterredungen oder geschäftlichen Transaktionen. Das ist nicht korrekt.«

»Was Sie nicht sagen!« bemerkte Mason trocken.

»Wie bitte?«

»Wenn es Ihnen schon unangenehm ist, mir das zu erzählen, dann stellen Sie sich einmal vor, wie es erst sein muß, diese Geschichte zwölf skeptischen Geschworenen aufzutischen und anschließend von einem sarkastischen District Attorney ins Kreuzverhör genommen zu werden.«

Dutton schwieg betreten.

»Reden Sie weiter«, sagte Mason schließlich.

»Ich stand am siebten Abschlag und wartete auf Palmer. Natürlich hielt ich Ausschau nach einem Mann. Nach ungefähr zehn Minuten wanderte ich ein bißchen auf und ab und bemerkte plötzlich etwas Dunkles auf dem Boden. Ich ging hin und stieß mit dem Fuß dagegen.«

»Palmers Leiche?« fragte Mason.

»Ja.«

»Was haben Sie getan?«

»Ich geriet in Panik. Ich rannte zum Clubhaus zurück, stieg in meinen Wagen und fuhr weg.«

»Sie hatten keine Taschenlampe bei sich?« fragte Mason.

Dutton zögerte einen Moment. »Nein«, antwortete er.

»Ja. Eine Taschenlampe hätte die Aufmerksamkeit des Nachtwächters erregen können. Er hat zwar nur die Umkleideräume zu bewachen und nicht den Golfplatz, aber trotzdem . . .«

»Das ist also Ihre Geschichte?«

»Ja.«

»Und dabei bleiben Sie?«

»Unbedingt. Das ist ja die Wahrheit.«

Mason sah Dutton nachdenklich schweigend an.

Dutton rutschte unbehaglich hin und her und fragte schließlich: »Nun?«

»Und die Waffe?«

»Welche Waffe?«

»Was ist mit dem Revolver, den Sie in dem Abflußrohr versteckt haben?«

Dutton blickte den Anwalt mit großen Augen an.

»Also wie steht es mit der Waffe, die Sie in dem Abflußrohr versteckt haben?« wiederholte Mason.

»Sie phantasieren!«
»Hören wir endlich auf, uns gegenseitig etwas vorzumachen«, sagte Mason ungeduldig. »Die Polizei hat Sie verhaftet. Das bedeutet, daß sie einen triftigen Grund hat, Sie des Mordes anzuklagen. Sie muß die Mordwaffe gefunden haben und beweisen können, daß sie Ihnen gehört. Vielleicht ist Ihnen nicht klar, daß der kriminelle Amateur Abzugskanäle als ideales Versteck für belastende Gegenstände betrachtet. Wenn die Polizei in einem Mordfall ermittelt, sucht sie daher als erstes sämtliche Abzugskanäle in der Nähe des Tatorts ab. Ich gehe jede Wette ein, daß Sie an einem Abzugskanal angehalten haben, ausgestiegen sind und die Mordwaffe, vielleicht auch anderes belastendes Beweismaterial, hineingeworfen haben.«
»Und das hat die Polizei in der Hand?« fragte Dutton entsetzt.
»Eben.«
»Dann bleibt Ihnen nichts anderes übrig, als mich zu veranlassen, daß ich mich schuldig bekenne und der Gnade des Gerichts ausliefere.«
»Haben Sie ihn umgebracht?«
»Nein, aber ich habe eine Waffe neben der Leiche gefunden. Ich habe sie aufgehoben und im Auto mit einer Taschenlampe untersucht und festgestellt, daß es sich um meinen eigenen Revolver handelt.«
»Also hatten Sie doch eine Taschenlampe?«
»Nein, es war die Armaturenbrettbeleuchtung«, verbesserte sich Dutton.
»Sie leisten sich den kostspieligsten Luxus, den man sich nur leisten kann.«
»Wieso?«
»Weil Sie Ihren Anwalt belügen.«
»Ich habe nicht gelogen.«
»Seien Sie doch nicht kindisch!« Mason verlor langsam die Geduld. »Als Sie das Clubhaus verließen, wurden Sie beobachtet. Sie haben sich in Ihren Wagen gesetzt und sind abgebraust. Nach ungefähr zwei Kilometern sind Sie an einem Abzugskanal vorbeigekommen und haben so heftig gebremst, daß Sie Reifenspuren auf dem Boden zurückließen. Sie sind ein paar Meter zurückgefahren, ausgestiegen und haben etwas in das Abzugsrohr geworfen. Sie haben weder die Armaturenbrettbeleuchtung noch eine Taschenlampe eingeschaltet.«
»Ich wurde beobachtet?«

»Ja.«
»Warum hat man mich dann nicht sofort verhaftet?«
»Weil es sich um einen Privatdetektiv handelte und man zu dem Zeitpunkt noch nichts von dem Mord wußte.«
»Sie haben mich innerlich bereits verurteilt, und . . .«
»Keineswegs. Ich habe nur angeregt. Sie sollten Ihrem Anwalt besser die Wahrheit sagen. Woher wußten Sie, daß es Ihre Waffe war?«
»Weil ich sie mir gründlich angesehen habe!«
»Dazu müssen Sie Licht gehabt haben. Haben Sie Streichhölzer benutzt?«
»Ich hatte eine kleine Taschenlampe in der Jacke.«
»Dann hatten Sie also die Möglichkeit, sich umzusehen, als sie zum siebten Abschlag gingen?«
»Vermutlich, wenn ich die Taschenlampe benutzt hätte.«
»Und warum haben Sie sie nicht benutzt?«
»Weil keine Veranlassung dazu bestand.«
»Haben Sie die Taschenlampe benutzt, nachdem Sie die Leiche entdeckt hatten?«
»Ja.«
»Ich wollte ja nur wissen, wie Sie die Leiche und den Revolver identifiziert haben.«
»Jetzt wissen Sie es – ich hatte eine Taschenlampe bei mir.«
»Und sobald Sie festgestellt hatten, daß es sich um Ihre Waffe handelt, haben Sie sie eingesteckt und sind zu Ihrem Wagen gerannt?«
»Ja.«
»Ich glaube nicht, Dutton, daß Sie so dumm sind«, erklärte Mason. »Meiner Meinung nach wollen Sie jemand schützen.«
»Ich versuche nur, mich selber zu schützen. Ich wünschte, ich könnte es.«
»Mit dieser Geschichte können Sie es nicht.«
»Eine andere kann ich Ihnen nicht bieten.«
Mason sah auf die Uhr. »Ich habe verschiedenes zu erledigen, Dutton. Ich möchte Sie auf eines aufmerksam machen: Wenn Sie diese Geschichte vor Gericht erzählen, werden Sie verurteilt.«
»Aber warum? Sie entspricht der Wahrheit.«
»Sie mag wahr sein, aber dann ist es nicht die ganze Wahrheit. Sie überspringen ein paar Einzelheiten, die Ihre Darstellung überzeugend machen könnten. Sie versuchen, Dinge zu ver-

bergen, die Ihrer Meinung nach belastend für Sie werden könnten. Ich habe keine Ahnung, was Sie damit erreichen wollen, aber erfahrungsgemäß kann ich Ihnen nur versichern, daß Sie bei einem Kreuzverhör übel in die Enge getrieben würden.«

»Niemand kann mich im Kreuzverhör aus dem Konzept bringen, wenn ich die Wahrheit sage«, erklärte Dutton.

»Eben deshalb glaube ich ja, daß man Sie aus dem Konzept bringen wird.«

Mason setzte eine sarkastische Miene auf. »Ich bin jetzt der District Attorney, und Sie beantworten meine Fragen, Sie sind im Zeugenstand.«

»Fangen Sie an.«

»Sie hatten eine Taschenlampe bei sich?«

»Ja, Sir.«

»Warum?«

»Damit ich – ich dachte, daß ich sie vielleicht brauchen würde.«

»Wofür?«

»Um den Mann zu erkennen, den ich treffen sollte.«

»Kannten Sie ihn?«

»Ich – ich hatte mit ihm telefoniert.«

»Ach ... Sie wollten also die Taschenlampe dazu benutzen, seine Stimme zu identifizieren?«

»Mein Gott, ich habe die Taschenlampe eben mitgenommen, weil ich dachte, daß sie mir vielleicht zustatten kommen würde.«

»Und sie kam Ihnen vortrefflich zustatten, nicht wahr?« bemerkte Mason zynisch. »Sie ermöglichte es Ihnen, die Leiche zu identifizieren und sich zu vergewissern, daß Palmer wirklich tot ist. Sie ermöglichte es Ihnen, die Taschen des Toten zu durchsuchen, die Firmenetiketten aus seinen Sachen herauszuschneiden und sicherzugehen, daß Sie alles entfernt und damit die Identifizierung der Leiche erschwert hatten.«

»Ich habe nicht behauptet, mich vergewissert zu haben, daß Palmer wirklich tot war.«

»Sie haben ihm nicht den Puls gefühlt?«

»Nein.«

»Mit anderen Worten: der Mann hätte verwundet sein können, während Sie einfach einen Ausflug nach Ensenada unternommen und einen sterbenden Mann auf dem Golfplatz zurückgelassen haben?«

»Ich merkte, daß er tot war.«
»Woran?«
»An ... er war schließlich erschossen worden.«
»Woher wußten Sie, daß er erschossen worden war?«
»Der Revolver lag neben der Leiche.«
»Das konnten Sie mit Hilfe der Taschenlampe feststellen?«
»Ja.«
»Und Sie wußten sofort, daß es Ihre eigene Waffe ist?«
»Ja.«
»Wieso? Auf Grund der Seriennummer?«
»Nein, ich ... ich habe den Revolver wiedererkannt.«
»Woran?«
»An der Größe und der Form.«
»Ein achtunddreißiger Smith and Wesson?«
»Ja.«
»Irgendwelche besondere Kennzeichen?«
»Keine ... ich wußte einfach, daß es mein Revolver ist.«
»Natürlich«, sagte Mason, »Sie wußten, daß es Ihr Revolver ist, weil er in Ihrer Tasche steckte, als Sie auf den Golfplatz gingen. Sie wußten, daß er Ihnen gehört, weil Sie ihn geladen hatten, um den Mann zu ermorden, der Sie erpressen wollte. Sie haben gewußt, daß es Ihr Revolver ist und daß Sie sich nicht mit ihm erwischen lassen durften. Deshalb haben Sie auf Ihrer Flucht angehalten, den Revolver in das Abzugsrohr geworfen und gehofft, daß man ihn dort nicht findet.«
Dutton zuckte unter Masons Worten zusammen.
Der Anwalt stand auf. »Das war ein schwacher Abklatsch dessen, was Sie erwartet. Hamilton Burger kann ein Teufel sein, wenn es zum Kreuzverhör kommt. Überlegen Sie sich das, Mr. Dutton. Wenn Sie bereit sind, Ihre Aussage zu ändern, lassen Sie es mich wissen.«
»Was werden Sie tun?« fragte Dutton. »Die Verteidigung niederlegen? Auf schuldig plädieren?«
»Sind Sie schuldig?« fragte Mason.
»Nein.«
»Ich habe nie auf schuldig plädiert, wenn mein Klient unschuldig war«, betonte Mason. »Davon halte ich nichts. Ich möchte die Wahrheit herausfinden.«
»Glauben Sie, daß ich die Wahrheit sage?«
»Nein. Aber ich halte Sie trotzdem nicht für einen Mörder, sondern lediglich für einen Lügner. Ich hoffe, daß Sie es sich

entweder überlegen oder vor Gericht eine andere Aussage machen.«
Mason gab dem Polizeibeamten, der an der Tür stand, einen Wink.
Der Anwalt ging hinaus, die vergitterte Tür fiel ins Schloß.

## 13

»Ach, Mr. Mason«, sagte Desere Ellis, »ich bin ja so froh, daß Sie gekommen sind. Ist das Ganze nicht einfach entsetzlich?«
»Anfangs sehen solche Dinge immer schwärzer aus, als sie sind«, entgegnete Mason. »Wenn die Tatsachen erst einmal geklärt sind, wird alles besser. Sind Sie gewillt, sich mit mir zu unterhalten?«
»Gewillt? Ich brenne darauf. Wie stehen die Chancen für Kerry? Schlecht? Ich weiß nur, daß er verhaftet wurde.«
»Ich bin Mr. Duttons Anwalt«, erklärte Mason. »Sie müssen verstehen, daß ich Ihnen diese Frage nicht beantworten kann. Ich vertrete Mr. Dutton und sonst niemand. Dutton mag zwar Ihre Belange in einer Beziehung vertreten, aber das heißt noch lange nicht, daß ich Sie ebenfalls vertrete. Mein ganzes Interesse an dem Fall besteht darin, Kerry Dutton zu verteidigen und seinen Freispruch zu erwirken – falls das möglich ist. Verstehen Sie das?«
»Ja.«
»Gut. Dann können wir ja anfangen.«
»Möchten Sie sich nicht setzen?« fragte sie und deutete auf einen bequemen Sessel.
»Vielen Dank.« Mason nahm Platz.
»Darf ich Ihnen etwas zu trinken anbieten?«
»Nein, danke«, antwortete Mason lächelnd. »Ich bin beruflich hier, und dann trinke ich nichts. So, und jetzt erzählen Sie mir von Duttons Revolver.«
»Von ... Duttons ... Revolver?«
»Jawohl.«
Aus ihren Augen sprach panische Angst. »Was soll mit dem Revolver los sein?«
»Hat Ihnen Dutton einen Revolver geliehen?«
»Wieso ... ja.«

»Wo ist dieser Revolver?«
»In der Kommode in meinem Schlafzimmer.«
»Dann wollen wir ihn holen.«
»Gut, ich werde Ihnen den Revolver bringen.«
»Wenn es Ihnen nichts ausmacht, komme ich mit.«
»Warum?«
»Ich möchte sehen, eine wie gute Schauspielerin Sie sind.«
»Was soll das heißen?« brauste sie auf.
»Wenn Sie die Wahrheit sagen, kann ich es sofort feststellen. Wenn nicht, ebenfalls. Und das ist vielleicht sehr wichtig.«
»Wieso?«
»Holen wir erst den Revolver, dann sage ich es Ihnen.«
»Na gut, kommen Sie mit.«
Sie führte ihn durch eine kleine Diele, öffnete die Tür zu einem typisch weiblichen Raum, ging zu einer Kommode neben dem Bett, zog selbstsicher die oberste Schublade auf und fuhr erschrocken zurück.
»Er ... er ist nicht da!«
»Das habe ich auch nicht erwartet«, stellte Mason gelassen fest. »Rodger Palmer wurde mit dem Revolver umgebracht. Vielleicht können Sie mir sagen, wie das möglich war?«
»Keine Ahnung«, entgegnete sie. »Ich — ich kann es mir einfach nicht vorstellen. Ich hätte geschworen, daß der Revolver hier ist.«
Mason sah sie mit zusammengekniffenen Augen an. »Das ist genau das, was Sie tun sollen.«
»Was?«
»Schwören, daß der Revolver in dieser Schublade lag.«
»Aber ... aber, was könnte denn mit ihm geschehen sein?«
»Jemand hat ihn genommen«, erklärte Mason. »Es sei denn, Sie waren es selbst.«
»Was wollen Sie damit sagen?«
»Sind Sie zufällig in der Mordnacht im Barclay Country Club gewesen?«
»Nein, warum?«
»Sie sind Mitglied des Clubs?«
»Ja.«
»Und haben also einen Schlüssel?«
»Ja, natürlich. Er muß irgendwo in der Wohnung sein. Moment, er lag ebenfalls hier in der Schublade.«
»Er *lag*?« fragte Mason.

»Gut, wenn Sie so kleinlich sind – er *liegt* in der Schublade.«
»Wo?«
Sie kramte in der Schublade herum und brachte schließlich triumphierend einen Schlüssel zum Vorschein.
»Ist es möglich, daß Sie gestern abend den Schlüssel und den Revolver eingesteckt haben, zum Barclay Country Club gefahren sind, Rodger Palmer am siebenten Abschlag getroffen, sich mit ihm wegen erpresserischer Forderungen in die Haare geraten sind, und ihn erschossen haben?«
»Großer Gott, sind Sie wahnsinnig?«
»Das glaube ich nicht. Ich frage Sie ja bloß.«
»Nein!«
»Höchstwahrscheinlich ist Palmer mit Duttons Revolver erschossen worden. Soweit Sie wissen, lag der Revolver also bis zum Mordtag in dieser Schublade?«
Sie war leichenblaß und aufgeregt. »Natürlich. Jemand ... jemand muß ihn genommen haben, sonst wäre er ja noch da.«
»Und Sie wissen nicht, wann er entwendet wurde?«
Sie zog nachdenklich die Stirn kraus. »Vor zwei oder drei Tagen habe ich den Revolver noch hier gesehen. Ich habe eine andere Schublade aufgeräumt und brauchte Platz für ein paar Sachen. Ich überlegte, ob ich sie in die oberste Schublade zu dem Revolver packen soll. Ich erinnere mich, daß ich sie herausgezogen und den Revolver darin habe liegen sehen.«
»Und seitdem haben Sie die Schublade nicht mehr geöffnet?«
»Du meine Güte, Mr. Mason – keine Ahnung. Ich versuche ja, mich zu erinnern. Ich komme täglich x-mal in mein Schlafzimmer. Ich habe alles mögliche in der Kommode und mache die Schublade auf und wieder zu. Ich kann Ihnen nur das sagen, woran ich mich erinnere.«
»Na schön. Dann erinnern Sie sich, daß der Revolver vor zwei Tagen noch da war. Erinnern Sie sich ferner, daß Sie *dachten*, er sei da, als ich Sie danach fragte. Das werden Sie beschwören müssen.«
»Und dieser Palmer wurde mit Kerrys Revolver erschossen?«
»Offenbar. Er wurde irgendwann in der Nacht zum Zweiundzwanzigsten ermordet.«
»Kann man ... kann man denn den Zeitpunkt nicht genauer bestimmen?«
»Ein bißchen vielleicht«, sagte Mason. »Man will aber beweisen, daß Palmer zwischen einundzwanzig Uhr dreißig abends

und zwei Uhr dreißig nachts ermordet wurde, denn in dieser Zeitspanne war Kerry Dutton draußen auf dem Golfplatz.«

»Er war draußen?«

»Ja.«

Sie schwieg nachdenklich.

»Ist es möglich«, fuhr Mason fort, »daß Dutton hier in Ihrer Wohnung gewesen ist? War er vielleicht in Ihrem Schlafzimmer und hat den Revolver aus der Schublade wieder an sich genommen?«

Sie schüttelte heftig den Kopf.

»Denken Sie darüber nach«, forderte Mason das junge Mädchen auf. »Sie sehen Kerry Dutton doch ab und zu?«

»Meistens telefoniere ich nur mit ihm. Er ... er scheint mir aus dem Weg zu gehen.«

»War Kerry Dutton in den letzten zwei Tagen irgendwann bei Ihnen? Ich meine, noch vor der Auseinandersetzung mit Hedley?«

»Nein.«

»Sind Sie ganz sicher?«

»Natürlich bin ich sicher. Er ... er meidet mich. Kerry war zutiefst verletzt.«

»Am Abend dieser Auseinandersetzung wurde der Mord begangen ... War Kerry Dutton vor dem Streit mit Hedley in Ihrem Schlafzimmer?«

»Nein, vorher nicht, aber dann waren sie in der ganzen Wohnung.«

»Was ist passiert?«

»Fred hat mich besucht. Er war bester Stimmung und wollte, daß ich ihn heirate, die Aktien der Steer Ridge Oil & Refining Company verkaufe und ihm das Geld für sein Projekt gebe.«

»Was haben Sie ihm geantwortet?«

»Daß ich es mir überlegen muß.«

»Und dann?«

»Dann ging er, und kurz danach erschien Kerry Dutton.«

»Und was wollte Mr. Dutton?«

»Mit mir einmal sprechen.«

»Sie haben ihn hereingebeten?«

»Ja, natürlich.«

»Wie war die Atmosphäre? Gespannt oder herzlich?«

»Ich versuchte nett zu sein, aber er war schrecklich abweisend. Schließlich habe ich ihn gefragt, was in letzter Zeit mit ihm los sei und warum er mich meide. Er ging nicht darauf ein, sondern erklärte, er habe mir etwas Schwieriges auseinanderzusetzen. Ich hatte schon Angst, er würde mir wieder sagen, wie sehr er mich liebe, und mir einen Heiratsantrag machen.«

»Und Sie hatten ihm schon früher erklärt, daß dieses Thema für Sie tabu sei, daß Sie wie eine jüngere Schwester für ihn fühlten und, wenn er sich damit nicht zufriedengeben wolle, Sie die Freundschaft nicht fortsetzen könnten.«

Desere Ellis wich Masons Blick aus. »Hätte ich ihm das nur nie gesagt!«

»Warum? Haben Sie es sich anders überlegt?«

»Ehrlich gesagt, Mr. Mason, ich weiß es nicht. Aber Kerry hat sich daraufhin so verändert. Als ob ihm jeder Auftrieb genommen worden wäre.«

»Also, kehren wir zum Abend des Einundzwanzigsten zurück«, sagte Mason. »Was geschah? Sie haben Dutton gefragt, warum er in letzter Zeit so abweisend gewesen sei?«

»Ja, ich ... ich habe mich gefreut, ihn wiederzusehen, hatte aber den Eindruck, daß er draußen gewartet, Freds Wagen beobachtet und abgepaßt hatte, bis Fred weg war. Irgendwie hat mir das nicht gefallen.«

»Und was ist dann geschehen?«

»Fred hatte entweder etwas vergessen, oder er wußte, daß Kerry bei mir ist. Ich habe keine Ahnung. Kerry sagte gerade, er habe mir etwas mitzuteilen und hoffe, daß ich es Fred oder Mrs. Hedley nicht weitererzählen werde. Diese würden versuchen, mich in meinen Anschauungen zu beeinflussen, und ich sollte den Verkehr abbrechen.«

»Und dann?« drängte Mason, als sie zögerte.

»Dann hörte ich plötzlich Freds Stimme an der Tür. Er war zurückgekommen, hatte weder geklingelt noch angeklopft, sondern stand nur da und tobte.«

»Sie sagten, daß Sie seine Stimme an der Tür hörten?«

»Ja. Er fing an, Kerry zu beschimpfen – er sei geldgierig, Leute wie er regierten die Welt, und Menschen mit konstruktiven Ideen hätten keine Chancen.«

»Und dann?«

»Dann ging Kerry auf ihn zu, sagte ihm, er solle den Mund halten und verschwinden, denn er habe mir etwas mitzuteilen, das nur für meine Ohren bestimmt sei.«

»Weiter.«

»Fred wurde dunkelrot vor Wut«, berichtete Desere Ellis. »Im allgemeinen versucht er, seine Gefühle zu verbergen und den Eindruck zu erwecken, daß er über den Dingen stehe. Aber diesmal konnte er sich nicht beherrschen. ›Sie widerlicher Pfennigfuchser‹, schrie er und holte aus zu einem Schwinger.«

»Traf er?«

»Ich kann Ihnen gar nicht alles schildern. Nie in meinem Leben habe ich jemand so schnell reagieren sehen wie Kerry Dutton. Er war überall zugleich, wich Freds Schlägen aus und verprügelte ihn nach Strich und Faden. Fred flüchtete in mein Schlafzimmer, Kerry hinterher. Fred schrie, eine Nachbarin rief nach der Polizei. Es war ein Höllenspektakel. Im Schlafzimmer ging ein Möbelstück zu Bruch.«

»Wie denn das?«

»Einer von beiden muß gegen meinen Nachttisch geprallt sein. Auf alle Fälle fiel er um. Eine Schublade aus der Kommode flog durch das Zimmer – nicht die obere mit dem Revolver, sondern eine der unteren, wo ich meine Wäsche aufbewahre.«

»Und dann?« fragte Mason.

»Dann hat Kerry ihn fertiggemacht. Fred lag auf dem Boden, und Kerry lief an mir vorbei. ›Verzeih, Desere‹, rief er mir zu. ›Wir sprechen uns später.‹ Während die beiden im Schlafzimmer miteinander kämpften, hatte ich bereits die Funkstreife gerufen. Kerry war gerade ein paar Minuten weg, und Fred versuchte sich aufzurappeln – als die Polizei erschien und Fragen stellte. Fred hat Rede und Antwort gestanden, aber er hat gelogen, Mr. Mason. In mehreren Punkten. Meine Meinung über ihn ist schwer gesunken. Die Art, wie er sich aus der Affäre zu ziehen versuchte, war übel.«

»Hat ihm die Polizei geglaubt?«

»Anfangs. Dann mußt er Kerry beschreiben und als die Beamten erfuhren, wie groß und wie alt Kerry ist, haben sie Fred Hedley mit seinen breiten Schultern und den starken Fäusten nur angesehen. ›Wenn Ihr erster Schlag gesessen hätte‹, meinte einer der Polizisten, ›hätten Sie jetzt keine Scherereien.‹

Und Fred ging prompt in die Falle. ›Darauf können Sie sich verlassen‹, hat er geantwortet. ›Der gerissene Hund hat meinen Schwinger unterlaufen und mir einen solchen Schlag in die Magengrube verpaßt, daß mir die Luft weggeblieben ist.‹ Der Polizist grinste. ›Also haben Sie die Prügelei angefangen?‹ fragte er. ›Sie haben als erster zugeschlagen.‹«

»Und dann?«
»Sie sagten ihm, er habe sich das Ganze selbst eingebrockt. Die Polizei lehne es ab, Kerry zu belangen.«
»Erzählen Sie mir doch etwas mehr über das Gespräch mit Hedley«, bat Mason. »Was wollte er?«
»Geld für sein Kunstzentrum«, antwortete Desere Ellis.
»Was versteht er darunter? Eine Galerie, eine Schule?«
»Oh, das ändert sich immer wieder. Es ist eine seiner nebulosen Ideen. Er möchte Künstler dazu ermutigen, eine ganz neue Schule zu gründen.«
»Eine neue Schule?«
»Wohl ein Teilgebiet der modernen Kunst. Eine Art Kreuzung zwischen der sogenannten modernistischen und der primitiven, mehr gegenständlichen Richtung.«
»Er weiß also genau, was er will?«
»Was er will, schon, aber nicht, wie er es kriegen soll. Vor allem hält er die Kunst für dekadent. Durch die Farbfotografie ist in seinen Augen die konventionelle Malerei überholt, und der sogenannten modernistischen Schule fehlt es meistens am geeigneten Motiv. Deshalb möchte Fred die Künstler dazu bringen, so zu malen, wie sie es sehen, vor allem Porträts.«
»Malt er selber?«
»Nur Skizzen, um seine Vorstellung zu verdeutlichen.«
»Besitzen Sie Bilder von ihm?«
»Nein, nicht hier, aber ... Sein Steckenpferd ist das Porträt. Fred lehnt das konventionelle, geschmeichelte Porträt ab, will genau das Gegenteil erreichen. Seine Bilder ähneln farbigen Karikaturen. Er behauptet, den Charakter eines Menschen zu malen und nicht das Äußere.«
»Und Sie sollen das Geld für diese Kunstschule stiften?«
»Ja, damit sie in der modernen Porträtmalerei den gebührenden Platz einnehmen kann.«
»Glauben Sie, daß Hedley je solche Porträts verkaufen kann?«
»Wer weiß? Wenn diese Malerei Mode wird, wahrscheinlich schon. Aber er braucht Geld als Starthilfe. Vermutlich würde ihm niemand für ein solches Porträt Modell sitzen ... es sei denn, es ist der letzte Schrei.«
»Aha.«
Desere Ellis fuhr schnell fort: »Zunächst würde er sich Bilder von prominenten Persönlichkeiten aus den Zeitungen als Vorwurf nehmen. Es gibt da sehr gute Schwarzweißkarikaturen. Er

will aber etwas machen, das der Karikatur zwar angenähert und eigentlich doch keine ist. In Farbe, und großartig ausgeführt.«

»Hat Hedley denn das Talent und die Technik dafür?«

»Bis jetzt noch nicht. Er muß sich erst entwickeln. Wirklich, Mr. Mason, ich weiß gar nicht, warum Sie mich wegen Fred Hedley ins Kreuzverhör nehmen.«

»Weil ich gewisse Tatsachen erfahren will, und zwar in allen Einzelheiten. Wenn Hedley von einer Stiftung spricht, meint er damit im Grunde, daß er bestimmte vielversprechende Künstler, die nicht in der Lage sind, ihren Lebensunterhalt zu verdienen, finanziell unterstützen will, ist das richtig?«

»Ich denke schon.«

»Und er ist auch ein vielversprechender Künstler, der sich seinen Lebensunterhalt nicht verdienen kann?«

»Er ist möglicherweise der Begründer einer völlig neuen Richtung«, wich sie aus.

»Und beabsichtigt, sich selbst zu unterstützen?«

»Wenn er das nicht täte, sagt er, würde er seiner Kunst untreu.«

»Mit Ihrem Geld?«

»Natürlich. Woher sollte er es denn sonst nehmen?«

»Eine berechtigte Frage.«

»Er verachtet es natürlich, Geld zu scheffeln«, erklärte Desere Ellis.

»Gut«, sagte Mason. »Die Polizei wird Sie verhören.«

»Es ist mir unbegreiflich, wie so etwas geschehen konnte. Ich meine, wie Kerry den Revolver aus meinem Schlafzimmer geholt haben könnte.«

»Die Gelegenheit dazu hatte er«, sagte Mason. »Wenn wir Duttons Kopf retten wollen, müssen wir herausfinden, wie es geschehen ist. Es sei denn, Dutton hat Palmer umgebracht.«

»Halten Sie ihn für den Mörder, Mr. Mason?«

»Er ist mein Klient«, antwortete Mason mit einem schiefen Lächeln. »Vielen Dank, daß Sie mir so bereitwillig Auskunft gegeben haben, Miss Ellis.«

14

Paul Drake saß in Masons Büro, ein Notizbuch lag auf seinen Knien. »Meine Leute haben eine ganze Menge in Erfahrung gebracht«, sagte er. »Trotzdem wird es nicht viel nützen.«
»Schieß los«, forderte ihn Mason auf. »Was hast du in Erfahrung gebracht?«
»Rodger Palmer hielt offensichtlich viel von den Aktien der Steer Ridge Oil & Refining Company, aber er haßte Jarvis Reader, den Präsidenten der Gesellschaft. Ich weiß nicht, Perry, ob du es bemerkt hast, daß sich die beiden recht ähnlich sind. Reader ist vielleicht ein paar Jahre jünger, beide stammen jedoch aus der Ölbranche, haben sich hochgearbeitet und sind für direktes Vorgehen. Nur ihre Ansichten waren absolut gegensätzlich.
Palmer wollte kein Risiko eingehen und nur dann Probeschürfungen machen lassen, wenn die geologischen Untersuchungen erfolgversprechend waren.
Jarvis Reader ist ein Spekulant. Er gefällt sich in der Rolle des Industriemagnaten. Sein Geld stammt nicht aus der Ölproduktion, sondern aus Aktienmanipulationen, er hat sich selbst ein phantastisches Gehalt bezahlt und seift die Aktionäre ein mit Konzessionen für riesige Gebiete, auf denen Versuchsbohrungen gemacht werden.
Natürlich ist es nicht einfach, eine Konzession für ein fündiges Feld zu bekommen, und darum ist es bis zu dieser erfolgreichen Bohrung mit der Steer Ridge Oil & Refining Company ständig abwärtsgegangen.
Reader legt großen Wert auf Kleidung, gibt gern Geld aus und betrachtet sich als den Industriemann schlechthin. Er besitzt ein zweimotoriges Flugzeug und ist ein richtiger Angeber.
Nachdem Rodger Palmer aus der Gesellschaft ausgeschieden war, ging es ihm zeitweilig ziemlich schlecht. Er wohnte in billigen Hotels und zwielichtigen Pensionen. Einmal wurde er sogar in einem Mordfall von der Polizei verhört. Du erinnerst dich vielleicht – eine Prostituierte wurde mit einem Nylonstrumpf erdrosselt, Rodger Palmer hielt sich zur Tatzeit in der Pension auf, hatte aber ein hieb- und stichfestes Alibi.
Das gibt dir vielleicht einen allgemeinen Eindruck von ihm. Er war schäbig gekleidet und stand in der Ölbranche ziemlich in Mißkredit.

Schließlich begann er, die einzelnen Aktionäre der Steer Ridge Oil & Refining Company aufzusuchen, erklärte ihnen, daß sie hintergangen würden und kam mit recht überzeugenden Argumenten. Soviel man mir erzählte, hat ihm eine Gruppe von Hauptaktionären Geld zur Verfügung gestellt, um Stimmvollmachten zu sammeln und Reader herausdrängen zu können. Außerdem sollte ich feststellen, wo Fred Hedley sich in der Mordnacht aufgehalten hat und ob er möglicherweise zur Tatzeit im Golfclub war.
Fehlanzeige. Er war in einer Apotheke und ließ sich seine Wunden desinfizieren und verbinden.«
Mason seufzte. »Morgen beginnt die Gerichtsverhandlung. Was wir bis jetzt herausgebracht haben, hat uns gar nichts genützt, sondern dient lediglich dem District Attorney als Munition.«
»Die er unter Garantie verschießen wird«, meinte Drake. »Wenn er je einen Prozeß gewinnen wollte, dann diesen. Für ihn ist das ein klarer, glatter Fall.«
»Den Anschein hat es zwar, Paul, aber wir werden um jeden Zentimeter Boden kämpfen«, sagte Mason.

## 15

Richter Eduardo Alvarado eröffnete den zweiten Prozeßtag mit den Worten: »Ich hoffe, daß wir die Geschworenen heute vereidigen können.«
»Ich sehe keinen Grund, warum das nicht der Fall sein sollte«,
»Die Entscheidung liegt also bei der Anklage«, erklärte Richter Alvarado.
»Die Anklage ist einverstanden.«
Mason erhob sich und verbeugte sich lächelnd. »Nehmen Sie den Geschworenen den Eid ab«, sagte er. »Die Verteidigung hat keine weiteren Einwände und ist mit den Geschworenen einverstanden.«
»Ich habe nicht mit einer so prompten Entscheidung gerechnet«, bemerkte Richter Alvarado verbindlich. »Ich danke sowohl der Anklage als auch der Verteidigung. Nach der Vereidigung der Geschworenen wird sich das Gericht für zehn Minuten zurückziehen.«

Nach diesen zehn Minuten nickte Richter Alvarado dem stellvertretenden District Attorney, Stevenson Bailey, zu, der neben seinem Vorgesetzten, Hamilton Burger, saß. »Beginnen Sie mit Ihrer Eröffnungsrede.«

»Euer Gnaden«, begann Bailey, »das wird die vielleicht kürzeste Anklagerede, die ich je gehalten habe.

Ich werde größtenteils die Tatsachen für sich sprechen lassen. Da sie jedoch etwas kompliziert sind, möchte ich Ihnen einen kurzen Überblick geben.

Der Angeklagte, Kerry Dutton, war Vermögensverwalter eines sogenannten Unterhaltsfonds, den Templeton Ellis zugunsten seiner Tochter Desere Ellis errichtet hatte.

Die Bestimmungen gaben dem Angeklagten das Recht, Wertpapiere nach seinem Ermessen zu kaufen und zu verkaufen und der Erbin monatliche Zuwendungen zu machen, deren Höhe seinem Gutdünken überlassen war.

Wir wollen nun beweisen, daß in den fast vier Jahren« – bei diesen Worten hielt Bailey vier Finger in die Höhe –, »daß also in einer Zeit von fast vier Jahren der Angeklagte der Erbin nicht eine einzige Abrechnung vorgelegt hat.«

Bailey schaltete eine Pause ein, um diese Feststellung eindringen zu lassen.

»Weiter wollen wir zeigen, daß der Angeklagte den Treuhandfonds systematisch dazu benützt hat, um sich persönlich zu bereichern. Der Angeklagte hat durch geschickte Investitionen und Manipulationen Gelder unter seinem eigenen Namen angesammelt und dabei nie – eine – Abrechnung – vorgelegt!«

Wieder eine Kunstpause.

»Ein Teil der Erbmasse bestand aus Aktien der Steer Ridge Oil & Refining Company – reine Spekulationspapiere. Zeitweilig standen sie ziemlich hoch, sanken dann auf den Nominalwert, und als die Ölquelle erschlossen wurde, schnellten sie unglaublich in die Höhe.

Wir wollen beweisen, daß Rodger Palmer, der Ermordete, die leitenden Herren der Steer Ridge & Oil Refining Company gekannt hatte und ebenso Templeton Ellis, den Vater von Miss Desere Ellis.

Wir wollen beweisen, daß Rodger Palmer den Angeklagten dazu veranlassen wollte, ihm Stimmvollmacht für die Aufsichtsratswahl der Steer Ridge Oil & Company zu geben. Der

Angeklagte verweigerte das, weil ihm gar nichts anderes übrigblieb. Er hatte das Aktienpaket nämlich verkauft. Der Ermordete wußte davon nichts, es ist jedoch anzunehmen, daß ihm folgendes bekannt war: Der Angeklagte hat die gleiche Anzahl der Aktien der Steer Ridge Oil & Refining Company, die er aus Desere Ellis' Nachlaß verkauft hatte, unter eigenem Namen neu erworben.

Der Ermordete, Rodger Palmer, drohte dem Angeklagten, ihn bloßzustellen, wenn dieser ihm nicht die Stimmvollmacht gäbe sowie fünftausend Dollar zur Unterstützung seiner Kampagne.

Wir wollen ferner beweisen, daß Rodger Palmer eine letzte Verabredung mit dem Angeklagten traf, und zwar in der Nacht vom einundzwanzigsten zum zweiundzwanzigsten September gegen zweiundzwanzig Uhr.

Ich spreche von einer letzten Verabredung, weil der Angeklagte sie einhielt und Rodger Palmer ermordete. Der Ermordete, Rodger Palmer, hatte fünftausend Dollar Schweigegeld gefordert. Der Angeklagte war darauf vorbereitet, diese Summe nötigenfalls zu bezahlen. Er hatte fünftausend Dollar von seinem Konto abgehoben und trug das Geld bei sich, als er verhaftet wurde.

Aber der Angeklagte wußte, daß Erpressung kein Ende nimmt. Daher kam er nach reiflicher Überlegung zu dem Entschluß, daß Mord der beste Ausweg für ihn war.

Das Verbrechen wurde am siebenten Abschlag des exklusiven Barclay Country Club begangen. Die Leiche wurde erst am nächsten Morgen gefunden.

Inzwischen war der Angeklagte nach Mexiko geflohen, in einem Motel in Ensenada abgestiegen und hatte sich dort unter dem Namen Frank Kerry eingetragen.

Wir werden vielleicht nie alles erfahren, was Palmer gegen den Angeklagten in der Hand hatte. Manches können wir vermuten. Das gesamte Beweismaterial spricht eindeutig für Erpressung.

Weiter wollen wir beweisen, daß der Angeklagte auf seinem Fluchtweg angehalten hat, um den Revolver, mit dem Rodger Palmer erschossen wurde, in einen Abzugskanal zu werfen.

Auf Grund dieses überzeugenden Beweismaterials rechnen wir damit, eine Verurteilung wegen vorsätzlichen Mordes zu fordern.

Ich danke Ihnen.«
Bailey verbeugte sich würdevoll, trat zurück und nahm wieder Platz.
»Wünscht auch die Verteidigung eine Eröffnungsrede zu halten?« wandte sich Richter Alvarado an Perry Mason.
»Die Verteidigung wird die Eröffnungsrede zurückstellen, bis sie in die Beweisführung eintritt«, antwortete Mason.
»Sehr gut«, bemerkte Richter Alvarado. »Rufen Sie den ersten Zeugen der Anklage.«
Der Gerichtsarzt trat in den Zeugenstand und erklärte, die Autopsie an der Leiche Rodger Palmers durchgeführt zu haben. Der Tod sei durch einen Schuß in die rechte Schläfe eingetreten, die Mordwaffe zum Zeitpunkt der Entladung nicht mehr als fünfzehn Zentimeter vom Kopf des Opfers entfernt gewesen. Nach der genauen Zeit befragt, in der der Tod eintrat, setzte er die äußersten Grenzen zwischen einundzwanzig Uhr dreißig abends und zwei Uhr dreißig morgens fest.
»Kreuzverhör«, schnarrte Bailey zu Perry Mason hin.
»Könnte der Tod um einundzwanzig Uhr eingetreten sein?« fragte Mason den Arzt fast gleichgültig.
»Das bezweifle ich.«
»Und zwanzig Uhr dreißig?«
»Das glaube ich nicht.«
»Aber er *könnte* um zwanzig Uhr dreißig eingetreten sein?«
»Das ist möglich, aber nicht wahrscheinlich. Ich habe einundzwanzig Uhr dreißig als den frühesten Zeitpunkt festgesetzt.«
»Aber es ist *möglich*, daß der Tod um zwanzig Uhr dreißig eingetreten ist?«
»Möglich, aber nicht wahrscheinlich. Man kann den Zeitpunkt nicht auf die Minute genau festsetzen.«
»Das ist alles, vielen Dank.«
In schneller Folge rief Bailey Zeugen auf, die Rodger Palmers Interesse an der Steer Ridge Oil & Refining Company, seine Freundschaft mit Templeton Ellis und die Tatsache, daß er vor seinem Tod eine heimliche Kampagne gegen die Geschäftsleitung der Steer Ridge Oil & Refining Company geführt hatte, bestätigten.
An einem Kreuzverhör offensichtlich nicht interessiert, bedachte Mason diese Zeugen mit dem gleichgültigen Kommentar: »Keine Fragen.«

Als Richter Alvarado merkte, daß Perry Mason auf das routinemäßige Vorgehen verzichtete, betrachtete er den Verteidiger mit nachdenklicher Neugierde.
»Rufen Sie Miss Desere Ellis in den Zeugenstand«, sagte Bailey schließlich mit dramatischem Unterton.
Desere Ellis trat bescheiden vor und mied Kerry Duttons Blick. Sie wurde vereidigt, nahm Platz und begegnete dem Ankläger mit der Haltung einer mutigen Frau, die vor einer schweren Prüfung steht und fest entschlossen ist, sich durchzukämpfen. Von Bailey geschickt befragt, berichtete sie über den Tod ihres Vaters, die Testamentseröffnung und die ersten Gespräche mit dem Angeklagten über den Unterhaltsfonds.
»Wann hat Ihnen nun der Angeklagte die erste Abrechnung vorgelegt?«
»Er hat mir nie eine Abrechnung vorgelegt.«
»Er – hat – Ihnen – nie – eine – Abrechnung – vorgelegt?« wiederholte Bailey.
»Nein, Sir, eine formelle Abrechnung nie.«
»Gab es irgendwelche nicht formellen Abrechnungen?«
»Mr. Dutton hat von Zeit zu Zeit über die Aktien mit mir gesprochen, die er verkauft hatte, um mir meine monatliche Unterhaltssumme zu geben.«
»Hat er dabei irgendwelche Andeutungen über die Höhe des Kapitals gemacht?«
»Er hat mir einmal gesagt, daß er inzwischen fast alle Papiere verkaufen mußte, die mir mein Vater hinterlassen hatte.«
»Wodurch Sie den Eindruck gewinnen mußten, daß nach Beendigung des Treuhandvertrages das Vermögen aufgebraucht ist?«
»Ja, ich hatte den Eindruck.«
»Hat Ihnen der Angeklagte jemals gesagt, daß eine beträchtliche Summe vorhanden ist, die er Ihnen bei Ablauf des Treuhandvertrages zur Verfügung stellen mußte?«
Desere Ellis rutschte auf ihrem Stuhl hin und her, wollte Dutton ansehen, senkte jedoch die Augen.
»Nein«, antwortete sie.
»Hat er Ihnen jemals gesagt, daß er die Aktien der Steer Ridge Oil & Refining Company zu einem Dollar das Stück verkauft und später die gleiche Anzahl unter eigenem Namen zum Stückpreis von zehn bis fünfzehn Cent gekauft hat?«
»Nein.«

»Hat er Ihnen gesagt, daß er diesen Kauf nur wenige Tage vor dem Zeitpunkt getätigt hat, zu dem die Aktien plötzlich in die Höhe gingen?«

»Nein.«

»Hat er Ihnen gesagt, daß er sich einen sicheren Tip über vielversprechende Versuchsbohrungen der Steer Ridge Oil & Refining Company verschafft hatte?«

»Nein.«

»Hatten Sie Grund zu der Annahme, daß Ihr Aktienpaket der Steer Ridge Oil & Refining Company verkauft worden war?«

»Nein.«

»Der Angeklagte hat Sie nie davon in Kenntnis gesetzt?«

»Nein.«

»Kreuzverhör«, sagte Bailey zu Perry Mason.

Mason stand auf und ging auf die Zeugin zu. Seine Haltung war höflich. Er blieb fünf Schritte vor ihr stehen und wartete, bis sie ihn ansah.

»Sie hatten den Eindruck«, sagte er freundlich, »daß bei Beendigung des Treuhandvertrages das Vermögen, das Ihnen Ihr Vater hinterlassen hat, aufgebraucht ist?«

»Ja.«

»Das war Ihr persönlicher Eindruck?«

»Ja.«

»Gut«, sagte Mason und hielt den linken Zeigefinger in die Höhe. »Bitte folgen Sie meiner Frage aufmerksam. Sind Sie bereit dazu?«

»Ja, Sir«, antwortete sie, den Blick auf seinen Finger gerichtet.

Mason unterstrich jedes seiner Worte. »Kamen Sie auf Grund eigener Überlegungen zu diesem Eindruck, oder hat Ihnen der Angeklagte jemals ausdrücklich gesagt, daß mit Beendigung des Treuhandvertrages das Vermögen erschöpft sein würde?«

»Ich . . . ich war der Meinung.«

»Das weiß ich«, erklärte Mason. »Und es ist durchaus möglich, daß es auch der Angeklagte wußte. Ich habe Sie aber gefragt, ob Ihnen der Angeklagte ausdrücklich, eindeutig und effektiv sagte, daß das Vermögen nach Ablauf des Treuhandvertrages aufgebraucht sein würde?«

»Ich kann mich nicht daran erinnern, daß er das jemals gesagt hat.«

»Das genügt mir.«
»Die Anklage möchte der Zeugin noch eine Frage stellen«, sagte Bailey. »Miss Ellis, sagte Ihnen der Angeklagte jemals ausdrücklich, daß Sie bei Beendigung des Treuhandverhältnisses eine große Summe zu erwarten hätten?«
»Nein, Sir«, antwortete sie prompt.
»Danke«, entgegnete Bailey.
»Ich habe ebenfalls noch eine Frage«, erklärte Mason. »Miss Ellis, haben Sie den Angeklagten je danach gefragt?«
»Nein, ich kann mich nicht daran erinnern.«
»Mit anderen Worten, Sie haben die Situation als gegeben hingenommen?«
»Ja.«
»Das ist alles.«
Bailey sprang wieder auf. »Ich möchte noch eine Zusatzfrage stellen. Ist es nicht eine Tatsache, daß der Angeklagte sich genau im klaren war über Ihre Einschätzung der Vermögenslage?«
»Einspruch!« rief Mason. »Die Frage verlangt nach einer Schlußfolgerung der Zeugin.«
»Nun gut, wenn ich auf Umwegen zu einer Antwort kommen soll, bitte!« Gab Ihnen der Angeklagte durch eigene Worte zu verstehen, daß er Ihre Annahme, das Vermögen Ihres Vaters sei nach Ablauf des Treuhandvertrages erschöpft, kannte?«
»Einspruch! Die Frage verlangt nach einer Schlußfolgerung der Zeugin. Außerdem handelt es sich um eine Suggestiv- und Fangfrage.«
Bailey machte eine geringschätzige Handbewegung. »Ich glaube, die Geschworenen erfassen die Situation. Ich beabsichtige nicht, mich mit der Verteidigung herumzustreiten. Vielen Dank, Miss Ellis.«
»Keine weiteren Fragen«, erklärte Mason lächelnd.
»Ich rufe Mrs. Rosanna Hedley in den Zeugenstand«, verkündete Bailey.
Mrs. Hedleys Haltung zeigte deutlich, daß sie nicht gewillt war, sich durch Juristen einschüchtern zu lassen.
»Haben Sie jemals eine Untersuchung zwischen Desere Ellis und dem Angeklagten mit angehört, in welcher Miss Ellis den Angeklagten über den derzeitigen Stand ihres Vermögens befragte?« begann Bailey.
»Ja, Sir.«

»Können Sie sich daran erinnern, wann diese Unterhaltung stattgefunden hat?«
»Es war am vierten Juli, am Abend des vierten Juli.«
»Wer war zugegen?«
»Mein Sohn, das heißt, er war vorher dagewesen.«
»Und mit Ihrem Sohn meinen Sie Mr. Fred Hedley?«
»Richtig«, antwortete sie. »Fred Hedley, den Künstler.«
Bailey unterdrückte ein Lächeln. »War Fred Hedley bei der Unterhaltung zugegen?«
»Nein, er hatte das Zimmer verlassen.«
»Wer war dann zugegen?«
»Nur Miss Ellis, der Angeklagte und ich.«
»Und was sagte Miss Ellis?«
»Sie fragte den Angeklagten nach dem derzeitigen Stand ihres Vermögens und nach der Summe, mit der sie nach Ablauf des Treuhandverhältnisses rechnen könne.«
»Was antwortete der Angeklagte auf diese Frage?«
»Er sagte ihr etwa, daß das Geld seiner Meinung nach reichen würde, um ihr bis zum Ablauf des Vertrages die gleiche monatliche Summe zur Verfügung zu stellen wie bisher.«
»Ich beantrage, die Antwort aus dem Protokoll zu streichen«, schaltete sich Mason ein. »Sie gibt keine direkte Antwort auf die gestellte Frage und beinhaltet eine Schlußfolgerung der Zeugin. Die Zeugin soll die Worte, die der Angeklagte gebraucht hat, so genau wiederholen, wie sie sich daran erinnern kann.«
»Dem Antrag wird stattgegeben; die Antwort wird nicht im Protokoll festgehalten. Die Zeugin soll die Frage nach bestem Erinnerungsvermögen beantworten.«
»Soll das heißen, daß ich seine genauen Worte wiederholen muß?« fragte Mrs. Hedley.
»Soweit Sie können«, erklärte Richter Alvarado freundlich. »Wenn Sie nur den Sinn wiedergeben und nicht die genauen Worte, ziehen Sie damit eine Schlußfolgerung aus der Unterhaltung. Können Sie sich daran erinnern, was der Angeklagte genau zu Miss Ellis sagte?«
»Soweit ich mich erinnern kann, sagte er mit öligem Lächeln: ›Mach dir keine Sorgen, Desere, es ist genug Geld da, um deinen monatlichen Unterhalt zu bestreiten, bis der Vertrag abgelaufen ist.‹«
»Kreuzverhör«, sagte Bailey.

Mason bedachte sie mit einem amüsierten Blick. »Sein Lächeln war also ölig, Mrs. Hedley?«
»Jawohl, ölig«, wiederholte sie.
»Was verstehen Sie unter einem öligen Lächeln?«
»Sie wissen genau, was ich darunter verstehe. Ein süßliches, affektiertes Lächeln.«
»Schmierig?«
»Ölig!« bemerkte sie spitz.
»Das gibt ein recht gutes Bild über Ihre Gefühle für den Angeklagten, oder nicht?«
»Meine Gefühle sind durch die Ereignisse mehr als gerechtfertigt«, entgegnete Mrs. Hedley scharf.
»Der Angeklagte hat also Miss Ellis erklärt, daß bis zum Ablauf des Treuhandvertrages genug Geld vorhanden sein würde?«
»Ja.«
»Mit anderen Worten«, erklärte Mason, »hat er damit die Zukunft vorausgesagt. Es hätte zum Beispiel eine Baisse geben können.«
»Natürlich«, meinte sie, »es hätte auch die Welt untergehen können.«
»Und es war tatsächlich genug Geld vorhanden, um Miss Ellis ihre monatlichen Zuwendungen bis zum Ablauf des Treuhandverhältnisses zu gewähren?«
»Jawohl!« betonte Mrs. Hedley. »Und darüber hinaus fast zweihundertfünfzigtausend Dollar.«
»Dann hat der Angeklagte Miss Ellis also nicht belogen?«
»Er hat sie getäuscht.«
»Aber nicht belogen.«
»Einspruch!« rief Bailey. »Die Frage verlangt nach einer Schlußfolgerung der Zeugin. Wenn die Verteidigung kleinlich ist, bin ich es ebenfalls.«
Mason lächelte nachsichtig. »Ich ziehe die Frage zurück. Die Geschworenen dürften wohl im Bilde sein.« Er setzte sich.
Bailey rief einen Ballistiker in den Zeugenstand, der den Smith-and-Wesson-Revolver als Mordwaffe identifizierte. Anschließend wurde ein Waffenhändler aufgerufen, der bestätigte, daß es sich bei dem Beweisstück der Anklage um die Waffe handle, die er dem Angeklagten verkauft hatte. Der vom Angeklagten unterschriebene Kaufvertrag wurde vorgelegt.

Bailey zeigte Skizzen vom Tatort und Fotografien des Golfplatzes, der Leiche und der Kleider, die der Ermordete getragen hatte. Er wies das Gericht darauf hin, daß aus sämtlichen Kleidungsstücken die Firmenetiketten herausgeschnitten worden waren.
Der Untersuchungsrichter erklärte, daß man keine Schlüssel, kein Geld, kein Taschentuch, kein Messer oder sonst etwas in den Taschen des Ermordeten gefunden habe.
Dann rief Bailey Leutnant Tragg in den Zeugenstand. Tragg sagte aus, nachdem ihm der Mord gemeldet worden sei, habe er sich zum Golfplatz begeben, um die Leiche und das Gelände zu besichtigen. Anschließend habe er die Abzugskanäle an der Straße, die vom Golfclub abgeht, inspiziert.
»Warum taten Sie das?« fragte Bailey.
»Weil es zu den Routineaufgaben der Polizei gehört.«
»Haben Sie dort etwas gefunden?«
»Ja. Die Waffe, die hier vorliegt«, antwortete Tragg. »In einem etwa zwei Kilometer vom Clubhaus des Barclay Country Club entfernten Abzugsrohr.«
»Was haben Sie daraufhin unternommen?«
»Ich stellte fest, auf welchen Namen der Revolver registriert war.«
»Wie lange haben Sie dazu gebraucht?«
»Nur ein paar Minuten mit Hilfe der Seriennummer.«
»Und anschließend?«
»Haben wir uns die Autozulassungsnummer des Angeklagten verschafft und den Fahndungsbefehl herausgegeben.«
»Erstreckte sich dieser Fahndungsbefehl auch auf gewisse Städte in Mexiko?«
»Ja, wir haben für Mordfälle ein Abkommen mit der mexikanischen Polizei von Ensenada, Tijuana und Mexicali.«
»Und was ergab die Fahndung?«
»Daß der Angeklagte in einem Motel in Ensenada abgestiegen war.«
»Einen Moment«, unterbrach Mason. »Bezieht sich der Zeuge auf eigene Feststellungen oder auf solche der mexikanischen Polizei? Im letzteren Fall handelt es sich um Hörensagen.«
»Ganz recht«, erklärte Bailey. »Leutnant Tragg, bezeugen Sie bitte nichts, was man Ihnen erzählt hat.«
»Dann kann ich nicht bezeugen«, erklärte Tragg lächelnd, »daß der Angeklagte in Mexiko gewesen ist.«

»Wo haben Sie selbst den Angeklagten gefunden?«
»An der Grenze bei Tecate«, antwortete Tragg.
»Wieso?«
»Die mexikanische Polizei hat ihn über die Grenze abgeschoben.«
»Und was haben Sie gemacht?«
»Ich habe ihn festgenommen.«
»Hatten Sie zu dem Zeitpunkt eine Unterhaltung mit dem Angeklagten?«
»Ja.«
»Haben Sie ihm mitgeteilt, daß er des Mordes angeklagt ist?«
»Ich habe ihm mitgeteilt, daß er in Zusammenhang mit dem Mord an Rodger Palmer verhört werden soll.«
»Haben Sie ihn gefragt, wo er sich zur Tatzeit aufhielt?«
»Ich habe ihm viele Fragen gestellt, aber seine Antwort war immer die gleiche.«
»Wie lautete diese Antwort?«
»›Ich verweigere jede Aussage, bis ich meinen Anwalt konsultiert habe!‹«
»Das war die Antwort auf all Ihre Fragen?«
»Auf fast alle. Ich habe den Angeklagten gefragt, warum er sich in Mexiko unter dem Namen Frank Kerry eingetragen habe, wenn er nichts zu verbergen hat. Er erklärte, Kerry sei sein zweiter Vorname, Frank der erste, und damit laute sein voller Name Frank Kerry Dutton.«
»Kreuzverhör«, verkündete Bailey.
»Ich habe keine Fragen«, bemerkte Mason mit einer großzügigen Handbewegung.
»Rufen Sie Thomas Densmore Fulton in den Zeugenstand«, sagte Bailey mit triumphierendem Unterton.
Fulton wurde vereidigt.
»Ihr Beruf?«
»Privatdetektiv.«
»Bei wem sind Sie beschäftigt?«
»Meistens bei der Drake-Detektei.«
»Für wen haben Sie am einundzwanzigsten September gearbeitet?«
»Für Paul Drake.«
»Welchen Auftrag hatten Sie?«
»Jemand zu beschatten.«

»Wen?«
»Den Angeklagten, Kerry Dutton.«
»Sind Sie in Erledigung dieses Auftrages dem Angeklagten gefolgt?«
»Ja, Sir.«
»Wohin?«
»Zu einer öffentlichen Telefonzelle.«
»Wo befindet sich diese Telefonzelle?«
»In einer Tankstelle Ecke Figueroa und Boulevard Way.«
»Hatte die Tankstelle geöffnet, oder war sie geschlossen?«
»Die Tankstelle war geschlossen, die Telefonzelle geöffnet.«
»Was haben Sie unternommen?«
»Ich habe beobachtet, wie der Angeklagte die Telefonzelle betrat und daraufhin meinen Wagen geparkt. Mr. Dutton hat eine Nummer gewählt, dann den Hörer wieder aufgelegt und nach kurzer Zeit von neuem gewählt. Ich ging zur Telefonzelle und tat so, als müsse ich einen dringenden Anruf erledigen.«
»Wie reagierte der Angeklagte?«
»Er hat abgewinkt.«
»Was taten Sie?«
»Ich befestigte heimlich ein Taschentonbandgerät an der Rückseite der Telefonzelle. Es handelte sich um ein sehr empfindliches Gerät.«
»Und anschließend?«
»Bin ich zu meinem Wagen zurückgegangen.«
»Was passierte danach?«
»Der Angeklagte verließ die Telefonzelle, sprang in sein Auto und fuhr weg.«
»Was taten Sie?«
»Ich versuchte, hinter ihm herzufahren.«
»Gelang es Ihnen?«
»Nein, Sir.«
»Warum nicht?«
»Weil der Angeklagte wie ein Verrückter raste. Er überquerte drei oder vier Kreuzungen bei Rot, überfuhr ein Stoppschild und hätte beinahe einen Zusammenstoß gehabt. Er kam gerade noch durch, während ich steckenblieb.«
»Was haben Sie dann unternommen?«
»Ich fuhr zu der Telefonzelle zurück, um das Tonbandgerät zu holen und festzustellen, ob sich daraus ein Anhaltspunkt ergab.«

»Gelang Ihnen das?«
»Ja, Sir.«
»Was haben Sie anschließend getan?«
»Ich habe es zurückgespult und das Telefongespräch abgehört.«
»Haben Sie das Tonbandgerät bei sich?«
»Ja.«
»Euer Gnaden«, wandte sich Bailey an den Richter, »ich halte diese Tonbandaufnahme für den besten Beweis. Sie ist zwar nicht sonderlich klar, jedoch verständlich. Ich habe einen Lautsprecher installieren lassen und möchte den Geschworenen das Tonband vorspielen.«
»Kein Einwand«, sagte Mason.
Mit dramatischen Gesten schloß Bailey das Taschentonbandgerät an den Lautsprecher an und schaltete es ein. Zuerst ertönte ein Rauschen, dann hörte man die Stimme eines Mannes.
»Hallo, was gibt es Neues? Sie wissen, wer am Apparat ist.«
Nach einer kurzen Pause kam wieder die Stimme: »Ich habe mit der anderen Nummer gesprochen und erhielt den Auftrag, Sie hier von dieser Telefonzelle aus anzurufen ... Ja, ich habe die fünftausend Dollar bei mir und werde bezahlen, falls Ihre Angaben stimmen und Sie in gutem Glauben handeln.«
Wieder eine Pause, dann die Worte: »Wiederholen Sie das. Am siebenten Abschlag im Barcley Country Club ... Warum ausgerechnet dort? ... Wann? ... Meine Güte, es ist ja schon fast so spät ... Gut, gut, ich fahre hin. Ja, ich habe einen Schlüssel. Ich komme sofort.«
Die Aufnahme endete mit einem Klicken.
»Euer Gnaden«, sagte Bailey, »das ist der Schluß des Gesprächs.«
Er wandte sich an den Zeugen. »Was haben Sie unternommen, nachdem Sie die Aufnahme abgehört hatten?«
»Ich fuhr sofort zum Barcley Country Club.«
»Was konnten Sie dort feststellen?«
»Daß der Wagen des Angeklagten vor dem Clubhaus stand.«
»Wie lange haben Sie vom Abhören des Tonbands bis zum Eintreffen im Golfclub gebraucht?«
»Ungefähr fünfzehn Minuten.«
»Und was taten Sie?«

»Ich versuchte, die Tür zum Clubhaus zu öffnen. Sie war verschlossen. Also wartete ich, bis der Angeklagte herauskam.«
»Wie lange hat das gedauert?«
»Ich bin um zweiundzwanzig Uhr zehn angekommen, der Angeklagte verließ das Clubhaus um zweiundzwanzig Uhr zweiundzwanzig.«
»Wir wollen die Zeitfrage klarstellen«, sagte Bailey. »Sie haben versucht, dem Angeklagten zu folgen?«
»Ja.«
»Er fuhr, nach Ihren Worten, wie ein Verrückter, überquerte Kreuzungen bei Rot und beachtete Stoppschilder nicht?«
»Ja.«
»Er hat Sie abgehängt?«
»Ja.«
»Daraufhin fuhren Sie zur Telefonzelle zurück?«
»Ja, Sir.«
»Sie haben das Tonbandgerät geholt und das Gespräch abgehört?«
»Ja, Sir.«
»Wieviel Zeit war Ihrer Meinung nach inzwischen verstrichen?«
»Ungefähr fünf Minuten.«
»Und dann fuhren Sie direkt zum Barcley Country Club?«
»Ja.«
»Wie lange haben Sie vor dem Clubhaus gewartet?«
»Elf Minuten . . . es waren fast zwölf.«
»Dann kam der Angeklagte heraus?«
»Ja, Sir.«
»Was tat er?«
»Er stieg in den Wagen und fuhr etwa zwei Kilometer weit.«
»Und dann?«
»Dann bremste er plötzlich und fuhr einige Meter zurück.«
»Und Sie?«
»Ich mußte überholen, um keinen Verdacht zu erwecken.«
»Und dann?«
»Nach rund achthundert Metern hielt ich ebenfalls an, stieg aus, setzte den Wagenheber an und tat, als hätte ich eine Reifenpanne.«
»Was passierte daraufhin?«
»Nach wenigen Sekunden fuhr der Angeklagte mit hoher Geschwindigkeit an mir vorbei.«

»Und Sie?«
»Ich warf den Wagenheber auf den Rücksitz und gab Gas.«
»Konnten Sie dem Angeklagten folgen?«
»Ja, Sir.«
»Wie weit haben Sie ihn verfolgt?«
»Bis Ensenada.«
»Und wohin dort?«
»Bis zu einem Motel, dem ›Siesta del Tarde Auto Court‹.«
»Was unternahmen Sie anschließend?«
»Ich rief Paul Drake an und berichtete ihm, daß der Angeklagte im ›Siesta del Tarde Auto Court‹ unter dem Namen Frank Kerry abgestiegen war.«
»Und anschließend?«
»Perry Mason und seine Sekretärin, Della Street, tauchten auf. Ich sagte ihnen, wo der Angeklagte zu finden sei, und sie gingen auf sein Zimmer.«
»Und dann?«
»Dann erschien die mexikanische Polizei.«
Bailey lächelte. »Kreuzverhör.«
»Die Tonbandaufnahme gibt nur eine Seite des Telefongesprächs wieder?« fragte Mason.
»Ja, Sir.«
»Sie wissen nicht, mit wem der Angeklagte sprach?«
»Nein.«
»Sie wissen nicht, welche Worte am anderen Ende der Leitung gesprochen wurden?«
»Nein, Sir.«
»Das ist alles.«
»Es ist schon spät«, bemerkte Richter Alvarado. »Das Gericht vertagt sich bis morgen. Ich gratuliere sowohl der Anklage als auch der Verteidigung zu dem Tempo, in dem sich die Verhandlung abwickelt.
Ich mache die Geschworenen darauf aufmerksam, daß es Ihnen nicht gestattet ist, sich untereinander oder mit Dritten über den Prozeß zu unterhalten oder Berichte in der Presse, im Radio und Fernsehen zu verfolgen. Die Geschworenen müssen vermeiden, eine eigene Meinung zu äußern, bis das Urteil gesprochen wird. Sofern jemand versuchen sollte, den Fall mit einem der Geschworenen zu erörtern, so ist das dem Gericht mitzuteilen.
Das Gericht vertagt sich bis morgen früh um zehn Uhr.«

## 16

Mason saß im Besuchsraum des Gefängnisses und sah seinen Klienten durchbohrend an.
»Das ist Ihre letzte Chance.«
»Ich habe Ihnen die Wahrheit gesagt.«
»Von jetzt ab können Sie ihre Aussage nicht mehr ändern«, warnte Mason. »Wenn Sie im Zeugenstand stehen, Fragen beantworten müssen und im Kreuzverhör zu einer Abänderung gezwungen werden, sind Sie verloren.«
Dutton nickte.
»Sie dürfen Hamiltons Burgers Fähigkeiten nicht unterschätzen.«
»Glauben Sie, daß ich überhaupt in den Zeugenstand gerufen werde?«
»Mit Sicherheit«, antwortete Mason. »Sie wissen selber, was an Beweismaterial gegen Sie vorliegt. Sie werden nicht nur im Zeugenstand stehen, sondern das Gericht davon überzeugen müssen, daß Sie die Wahrheit sagen.
Wenn man Sie auch nur bei der kleinsten Lüge erwischt – zum Beispiel bei der Frage, wann Sie morgens aufstehen, wieviel Zucker Sie in den Kaffee nehmen, bei irgendeiner Kleinigkeit, die nicht stimmt –, wird Ihnen das während des ganzen Prozesses angelastet.«
»Ich habe Ihnen die Wahrheit gesagt«, wiederholte Dutton.
»Versuchen Sie nicht, jemanden zu decken? Geben Sie es doch zu. Sie wollen Tatsachen vertuschen, um es Desere Ellis zu erleichtern. Habe ich recht?«
Dutton schüttelte den Kopf.
»Und Sie versuchen auch nicht, sich selber zu schützen?«
»Nein, ich habe Ihnen die Wahrheit gesagt.«
»Palmer hatte Ihnen eine Nummer genannt, die Sie Punkt einundzwanzig Uhr dreißig anrufen sollten. Stimmt das?«
Dutton bejahte.
»Sie gingen zu der Telefonzelle, riefen diese Nummer an und bekamen eine andere genannt, wobei es sich beide Male um öffentliche Anschlüsse handelte. Eine Stimme befahl Ihnen, Palmer beim siebenten Abschlag des Barcley Country Club zu treffen. Das war beim zweiten Anruf?«
»Genau.«
»War es eine Frauenstimme?«

»Ich weiß es nicht. Zuerst dachte ich, daß es sich um einen Mann handelte, der mit verstellter Stimme sprach. Jetzt bin ich mir nicht mehr sicher. Ich kann Ihnen lediglich sagen, daß die Tonlage für einen Mann zu hoch und für eine Frau zu tief war.«

»Was war es für eine Nummer, die Sie anriefen?«

»Es handelte sich um einen öffentlichen Anschluß. Die Nummer habe ich vergessen. Palmer hatte mir gesagt, daß jemand meinen Anruf beantworten und mir mitteilen würde, wo ich ihn treffen sollte. Er hat extra betont, daß es sich um einen öffentlichen Anschluß handle und ich gar nicht erst versuchen solle, irgendwelche Mätzchen zu machen.«

»Sie blieben also in der Telefonzelle und riefen eine Nummer an?«

»Richtig.«

»Und es handelte sich um die Nummer eines öffentlichen Anschlusses?«

»Richtig.«

»Was passierte, als Sie diese Nummer wählten?«

»Eine Stimme antwortete: ›Nehmen Sie einen Bleistift, schreiben Sie sich folgende Nummer auf und rufen Sie sie in genau zehn Sekunden an.‹ Ich bin sicher, daß es die Stimme eines Mannes gewesen ist – na, vielleicht nicht hundertprozentig sicher. Sie war irgendwie verstellt.«

»Und Sie haben sich die Nummer aufgeschrieben?«

»Ja.«

»Was sollten diese zwei Nummern?«

»Offensichtlich sollte ich daran gehindert werden, den Anschluß zu lokalisieren und die Polizei oder einen Privatdetektiv einzuschalten. Palmer wollte sichergehen, daß ihm nichts passieren konnte.«

»Aber wenn Sie wußten, daß es Palmer war, den Sie treffen würden ...«

»Ich wußte, daß es Palmer war und daß er angeblich Informationen hatte, die für Fred Hedley belastend sein würden.«

»Und warum wollten Sie diese Informationen haben?«

»Das wissen Sie doch.«

»Ich frage Sie, weil ich mit Ihren eigenen Worten hören will, was Sie den Geschworenen berichten werden.«

»Ich wollte Desere Ellis schützen.«

»Warum?«

»Weil ... weil es meine Aufgabe war, dem Testament nach.«
»Vor wem wollten Sie Desere Ellis schützen?«
»Hauptsächlich vor sich selber. Und außerdem vor einem Mann, der sie ausnützen wollte.«
Mason sah seinen Klienten nachdenklich an und stand plötzlich auf. »Gut, Dutton. Sie sollen nicht denken, daß ich eine Probe mit Ihnen veranstalte. Ich möchte nicht, daß Sie im Zeugenstand erscheinen und den Eindruck erwecken, man habe Ihnen Ihre Aussage einstudiert. Ich möchte, daß Sie die Wahrheit sagen und daß sie sich überzeugend anhört.«
»Ich werde mein Bestes tun, Mr. Mason«, versprach Dutton.
Mason nickte. »Versuchen Sie etwas zu schlafen. Es wird eine Feuerprobe, machen Sie sich da nur nichts vor.«

## 17

»Paul Drake hat einen Zeugen aufgetrieben«, sagte Della Street, als Perry Mason in sein Büro zurückkam.
»Wo ist er?«
»In Pauls Büro.«
»Und wer ist dieser Zeuge?«
»Ein Mann, der etwa hundert Meter vom Golfgelände entfernt wohnt. Sein Haus wohnt in der Nähe vom Abschlag sieben.
Er hat in der Nacht vom Einundzwanzigsten einen Schuß gehört, und zwar früher, als die Anklage die Tatzeit festgesetzt hat.«
Mason strahlte. »Auf so etwas habe ich gewartet«, sagte er. »Das kann der Wendepunkt sein. Holen Sie ihn herüber, Della.«
Della rief in Paul Drakes Büro an. »Er kommt sofort.«
»Gut«, entgegnete Mason. »Legen Sie sich ein Formular zur Zeugenvorladung zurecht und notieren Sie sich den Namen des Mannes. Dann gehen Sie sofort nach nebenan, füllen die Vorladung aus und bringen sie mir zurück.
Ganz gleich, was passiert, dieser Mann wird mein Büro nicht verlassen, ohne eine Vorladung als Zeuge der Verteidigung in der Tasche zu haben.«
Della Street nickte, holte die Prozeßakte Kerry Dutton aus dem Schrank, entnahm ihr ein Formular zur Zeugenvorladung und verschwand damit im Vorzimmer.

»Es kann losgehen«, verkündete sie.
Kurz darauf ertönte Drakes Klopfzeichen an der Tür. Mason nickte Della Street zu, und sie öffnete.
Paul Drake schob einen hochgewachsenen, etwas schlaksigen Mittfünfziger mit wachsamen Augen, buschigen Brauen, abstehenden Ohren und langem, dürrem Hals hinein.
»Das ist Mr. Mason«, stellte Drake vor. »Mason, hier ist Mr. George Holbrook. Mr. Holbrook wohnt draußen beim Barcley Country Club.«
»George Holbrook?« fragte Mason und schüttelte dem Mann die Hand. »Haben Sie nur einen Vornamen, Mr. Holbrook?«
»Nein, natürlich nicht«, antwortete Holbrook grinsend. »Zwei, wie jeder gute Amerikaner. Ich heiße George Washington Holbrook.«
Della Street verließ das Büro.
»Setzen Sie sich, Mr. Holbrook«, forderte Mason auf. »Wie ich höre, wissen Sie etwas über diesen Fall?«
»Ja und nein«, antwortete Holbrook. Er setzte sich, schlug die langen Beine übereinander und verschränkte die Hände über den Knien.
»Der Haken dabei ist nur, Mr. Mason, daß man heutzutage überhaupt nicht mehr sagen kann, was man gehört hat. Es gibt so vielerlei Geräusche, so viel Krach, wenn einer die Schallmauer durchbricht, daß man das nie genau unterscheiden kann.«
»Berichten Sie erst einmal«, sagte Mason.
»Es war so: Ich habe in der Zeitung von dem Fall gelesen, und plötzlich ist es mir siedend heiß eingefallen. ›Moment mal‹, habe ich zu meiner Frau gesagt. ›War das nicht an dem Abend, an dem ich den Schuß gehört habe?‹«
»Sie sind sich über das Datum nicht ganz sicher?« fragte Mason enttäuscht.
»Augenblick«, sagte Holbrook. »Ich glaube schon, daß ich mir über das Datum sicher bin. Ich hab Ihnen ja bloß erzählt, was ich zu meiner Frau gesagt habe.«
»Fahren Sie fort.«
»Wir hatten gerade ein Telegramm von der Schwester meiner Frau bekommen, daß sie mit dem Flugzeug um zweiundzwanzig Uhr fünfzig ankommt, und haben im Wohnzimmer gesessen und uns darüber unterhalten. Dann ist meine Frau in die Küche gegangen und ich auf die Veranda, um Luft zu schnappen und eine Zigarette zu rauchen.«

Holbrook grinste. »Meine Frau sieht es nämlich nicht gern, wenn man im Haus raucht. Sie hat eine sehr empfindliche Nase, und Tabakgeruch stört sie. Deswegen rauche ich immer draußen – ihr wäre es wahrscheinlich am liebsten, wenn ich es ganz aufgeben würde.«

»Weiter.«

»Also, ich hab einen Schuß gehört. Ich bin fast hundertprozentig sicher, daß es ein Schuß war. Als ich noch jünger war, bin ich auf die Jagd gegangen und kann wohl einen Schuß von einem anderen Geräusch unterscheiden.«

»Und?«

»Na ja, ich stand da und versuchte festzustellen, woher der Schuß gekommen ist.«

»Konnten Sie das nicht an dem Geräusch feststellen?«

»Ich glaube, daß es irgendwo auf dem Golfplatz gewesen sein muß. So hat es wenigstens geklungen.«

»Und über das Datum sind Sie sich wegen der Ankunft Ihrer Schwägerin sicher?«

»Richtig. Sie ist am Einundzwanzigsten angekommen.«

»Wie ist es möglich«, fragte Mason, »daß Sie den Schuß nicht sofort am nächsten Morgen mit dem Mord in Verbindung gebracht haben? Die Zeitungen sind doch voll davon gewesen.«

»Das kann ich Ihnen erklären«, antwortete Holbrook. »Meine Schwägerin wollte schon immer eine Autotour mit uns machen, und ihr Flugzeug ist um zweiundzwanzig Uhr fünfzig angekommen. Wir haben sie am Flughafen abgeholt, und sie hatte natürlich einen Haufen Gepäck. Deshalb hat meine Frau vorgeschlagen, daß wir gleich losfahren. Wenn Sie mich fragen, hat meine Frau das schon längst so geplant. Sie hat ja dauernd mit ihrer Schwester telefoniert. Gegen zwei Frauen kommt man nicht an, Mr. Mason.

Auf alle Fälle sind wir am nächsten Morgen um sechs Uhr aufgebrochen, haben unterwegs gefrühstückt und sind über den Redwood Highway durch ganz Nordkalifornien gegondelt und schließlich über den Yosemite Park zurückgekommen. Vor lauter Freude über den Besuch meiner Schwägerin und die Aufregung am Flughafen habe ich den Schuß fast vergessen. Erst als ich in der Zeitung von dem Prozeß gelesen habe, ist mir die Sache wieder eingefallen.«

»Sie wußten also nichts von dem Mord?«

»Natürlich haben wir davon gehört«, antwortete Holbrook.

»Wir haben uns sogar darüber unterhalten. Ich weiß es noch ganz genau, wir waren gerade zwischen Modesto und Sacramento, irgendwo in der Gegend, als es im Radio kam. Zuerst hab ich nicht weiter darauf geachtet, es war eben ein Mord, der auf einem Golfplatz passiert ist. Beim zweitenmal ist meine Frau in die Höhe gefahren. ›Großer Gott, George!‹ hat sie gerufen. ›Hast du das gehört! Der Mord ist neben uns im Barclay Country Club begangen worden.‹

Wir sind nach Sacramento gefahren und haben dort übernachtet. Am nächsten Tag ging's weiter nach Redding, und dort hab ich eine San Franziskoer Zeitung gekauft. Ich hab nämlich eine Schwäche für die Comicstrips und lasse keine Fortsetzung aus.«

Holbrook grinste Perry Mason an. »Meine Frau sagt immer, daß ich ein Kindskopf bin. Aber ich lese die Dinger nun mal gern.«

Mason nickte.

»Na ja, und in der Zeitung hat was von der Leiche gestanden, die beim siebenten Abschlag gefunden wurde. Bis vor ein paar Tagen hab ich nicht weiter darauf geachtet, weil ich nicht wußte, wo der siebente Abschlag ist. Ich bin Rentner und kann es mir nicht leisten, Golf zu spielen.

Nach dem ersten Prozeßtag hat eine Zeitung einen Plan vom Golfplatz gebracht. Das Gelände ist lang und schmal wie ein Handtuch. Sechs Löcher liegen direkt hintereinander.«

»Und auf dieser Karte war die Stelle eingezeichnet, an der man die Leiche fand?«

»Genau. Die Stelle, wo sie lag, der siebente Abschlag und die Straßen um den Golfplatz.«

Holbrook stützte beide Hände auf die Knie. »Damals, als der Golfclub angelegt wurde, war da draußen alles unbebaut. Und als er dann fertig war, schoß plötzlich ein neues Wohnviertel aus dem Boden.

Nach dem ersten Ansturm – vor ungefähr fünfzehn Jahren – haben wir unser Häuschen gekauft. Damals habe ich noch gearbeitet. Seitdem wohnen wir dort.«

»Haben Sie je Golf gespielt?«

»Nein, das ist nichts für mich.«

»Können Sie mir den genauen Zeitpunkt nennen, an dem der Schuß gefallen ist?«

»Ich bin ganz sicher, daß es lange vor zehn Uhr gewesen ist.«

»Wieso?«
»Weil ich mir immer die Zehnuhrnachrichten ansehe und sicher bin, daß es noch nicht soweit war.«
»Wie lange vor zehn war es?«
»Tja, ich war draußen auf der Veranda und hab eine Zigarette geraucht. Und dann ...«
»War es dunkel?«
»Ja. Ich erinnere mich noch daran, wie die Zigarette geglüht hat, als ich sie auf den Rasen geworfen habe. Ich hatte nämlich Angst, daß meine Frau das sieht – aber das war zum Glück nicht der Fall. Vor lauter Aufregung über den Besuch ihrer Schwester hat sie sich nicht um mich gekümmert.
Plötzlich merkte ich, daß es Zeit für die Zehnuhrnachrichten im Fernsehen ist. Ich will gerade ins Haus gehen und den Apparat einschalten, als ich den Schuß höre.«
»Haben Sie Ihren Fernsehapparat eingeschaltet?«
»Klar. Die ersten zwei Minuten hab ich wohl versäumt. Ich erinnere mich noch genau, daß ich mitten in eine Reklamesendung hineingeraten bin.«
»Ihre Zeugenaussage kann sehr wichtig sein, Mr. Holbrook. Sie haben nur den einen Schuß gehört?«
»Ja, nur den einen. Ich habe mir doch gedacht: das war keine Fehlzündung. Es war nur die einzige Detonation.«
»Ich möchte Sie bitten, vor Gericht als Zeuge zu erscheinen«, sagte Mason. »Haben Sie dagegen etwas einzuwenden?«
»Wissen Sie, ich lasse mich zwar nicht gern in so was reinziehen, möchte aber auch nicht an einer Ungerechtigkeit schuld sein.«
Mason sah Paul Drake an. »Wäre Ihre Schwägerin nicht mordsmäßig stolz, wenn Ihr Bild in der Zeitung erscheinen würde?«
Holbrook grinste. »Aber wie! Mit der kann man Pferde stehlen. Wenn sie gewußt hätte, daß keine hundert Meter von uns entfernt ein Mord begangen wurde und sie die Sache verpaßt hat ... Sie wäre bestimmt begeistert, aber ...« Das Lächeln verschwand aus Holbrooks Gesicht. »Bei Doris weiß ich nicht so recht.«
»Ist das Ihre Frau?« fragte Mason.
»Ja.« Holbrook dachte einen Moment nach. »Sie ist sehr nett. Eine gute Hausfrau, sauber und ordentlich – ich kann mich wirklich nicht beklagen. Aber wie Edith ist sie nicht.«
»Edith ist Ihre Schwägerin?«

»Richtig.«
»Und Sie fuhren mit Ihrer Frau zum Flughafen, um Ihre Schwägerin abzuholen?«
»Ja.«
»Wie weit ist es von Ihrem Haus zum Flughafen?«
»Mit dem Auto fünfundzwanzig Minuten.«
»Und Ihre Schwägerin kam mit der Maschine um zweiundzwanzig Uhr fünfzig?«
»Ja.«
»Dann können Sie sich an dem Abend kaum die Zehnuhrnachrichten angesehen haben«, erklärte Mason.
Holbrook runzelte die Stirn. »Moment mal«, sagte er. »Moment mal. Ach ja, jetzt erinnere ich mich wieder, das Flugzeug hatte Verspätung. Wir haben gegen zehn Uhr am Flughafen angerufen und uns erkundigt. Man hat uns gesagt, daß die Maschine eine Viertelstunde Verspätung hat. Ich weiß ganz genau, daß ich die Nachrichten um neun und auch um zehn Uhr gesehen habe.«
»Die Neunuhrnachrichten ebenfalls? Sind Sie sicher?«
»Jawohl. Ich hab mich nämlich geärgert, weil ich die ersten zwei Minuten verpaßt habe, und deshalb um zehn Uhr noch einmal eingeschaltet.«
»Ich glaube«, sagte Mason zu Della Street, »daß wir auf Mr. Holbrooks Zeugenaussage bestehen müssen.«
Della Street nickte und gab Mason die Vorladung.
»Nur um der Form zu genügen, Mr. Holbrook, überreiche ich Ihnen hier eine Vorladung«, erklärte Mason. »Erscheinen Sie morgen früh um zehn Uhr vor Gericht. Ich glaube nicht, daß wir Sie lange in Anspruch nehmen müssen, denn die Anklage ist meiner Meinung nach mit der Beweisaufnahme fertig.«
»Okay«, entgegnete Holbrook. »Was Recht ist, muß Recht bleiben. Ich fand eben nur, daß ich Ihnen die Sache mit dem Schuß erzählen sollte. Ich habe in Ihrer Kanzlei angerufen, und man hat mir gesagt, Sie seien auf dem Gericht, aber die Drake-Detektei stellte Ermittlungen über den Fall an, also hab ich den Leuten gesagt, was ich weiß. War das richtig?«
»Goldrichtig«, antwortete Mason.
»Also, ich habe mich gefreut, Sie alle kennenzulernen. Ihren Namen weiß ich nicht, Miss.«
»Ich heiße Della Street und bin Mr. Masons Privatsekretärin. Ich arbeite schon seit Jahren für ihn.«

»Das habe ich mir gedacht«, entgegnete Holbrook und streckte ihr die knochige Hand hin. »Sie sehen zwar sehr jung aus, scheinen aber trotzdem auf Draht zu sein. Freut mich, Sie kennengelernt zu haben, Miss Street.«
Holbrook schüttelte feierlich erst Mason und dann Paul Drake die Hand. Della Street hielt die Tür auf, und Holbrook stakte hinaus.
Mason wartete, bis sich die Tür hinter ihm geschlossen hatte. Dann stieß er einen kleinen Schrei aus, faßte Della Street um die Taille, wirbelte sie im Kreis herum, ließ sie wieder los, packte Paul Drakes Hand und schüttelte sie so fest, daß er ihm fast den Arm ausrenkte.
»Gerettet!« rief er.
»Glaubst du, das reicht?« fragte Drake.
»Aber ja. Durch seine Aussage werden berechtigte Zweifel entstehen.«
»Und wenn nun die Anklage jemand auftreibt, der beschwört, daß der Schuß später abgegeben wurde?«
Mason grinste. »Dann werde ich behaupten, daß es zwei Schüsse waren«, erklärte er. »Die Anklage kann nicht beweisen, welcher von den beiden der tödliche war.«
»Und du glaubst wirklich, daß du damit das Gebäude der Anklage ins Wanken bringen kannst?«
»Mehr als das«, antwortete Mason. »Das wird wahrscheinlich einen Freispruch erwirken. Und zwar auf Grund der Theorie, daß Dutton die Wahrheit sagt und Palmer bereits tot war, als er ankam. Dutton ist einfach in eine Falle gegangen.«
»Trotzdem wäre es wesentlich besser, wenn er die Waffe nicht an sich genommen und versteckt hätte«, meinte Drake.
Masons Lächeln verschwand. »Wem sagst du das?« entgegnete er. »Ich werde mich ganz schön winden müssen, bis ich diese Klippe umschifft habe. Aber ich werde es so hindrehen, daß Dutton beim Anblick der Waffe sofort befürchtete, die Frau, die er liebt, wäre in das Verbrechen verwickelt.«
»Desere Ellis?«
Mason nickte.
»Und du willst ihn im Zeugenstand erklären lassen, daß er sie liebt?«
Mason schüttelte den Kopf. »Um Gottes willen, nein! Sagen soll er das nicht. Ich möchte, daß er versucht, es dem Gericht zu verheimlichen. Und wenn ihn dann der District Attorney ins

Kreuzverhör nimmt, kommt alles heraus, und zwar widerstrebend. Es wird eine dramatische, romantische Szene geben.«
»Das klingt fast so, als ob noch nie ein Verteidiger ein Fehlurteil einstecken mußte, wenn sich eine dramatische, romantische Szene im Gerichtssaal abgespielt hat.«
»Nicht, wenn sie so herzbewegend von heimlicher Liebe handelt«, meinte Mason lachend. »Und davon kriegen wir jede Menge, und im Hintergrund läuten die Hochzeitsglocken. Kommt, wir machen den Laden dicht, ich lade euch beide zum besten Abendessen ein, das in der Stadt zu haben ist — mit allen Schikanen, Champagner eingeschlossen.«

## 18

Als Richter Alvarado am nächsten Morgen seinen Platz einnahm, ließ er den Blick durch den Gerichtssaal wandern. Offensichtlich berieten die Ankläger über besonders wichtige strategische Maßnahmen. Bailey und Hamilton Burger hatten die Köpfe zusammengesteckt und flüsterten, bis Richter Alvarado die Verhandlung eröffnete.
Dann sprang Bailey auf. »Euer Gnaden, die Anklage betrachtet die Beweisaufnahme als abgeschlossen.«
Erstauntes Murmeln ging durch den Gerichtssaal.
Richter Alvarado runzelte die Stirn. »Es wäre der Verteidigung gegenüber vielleicht fairer gewesen, wenn Sie diesen Beschluß gestern nachmittag bei Vertagung des Gerichts bekanntgegeben hätten.«
»Wir sind uns eben erst darüber schlüssig geworden«, erklärte Bailey.
»Nun gut«, sagte Richter Alvarado. »Trotzdem gestehe ich der Verteidigung eine Verhandlungspause zu, damit sie über diese etwas unerwartete Entwicklung nachdenken kann.«
Mason stand auf und lächelte den Geschworenen zu. »Die Verteidigung ist nicht nur gewillt, sondern begierig darauf, die Verhandlung auf der Stelle fortzusetzen.«
»Sehr gut«, meinte Richter Alvarado. »Beginnen Sie.«
»Außerdem möchte ich bemerken«, erklärte Mason, »daß wir von einer Eröffnungsrede Abstand nehmen. Unsere erste Zeugin ist Miss Desere Ellis.«

»Miss Ellis, treten Sie in den Zeugenstand«, forderte Alvarado das junge Mädchen auf. »Sie sind ja bereits vereidigt worden.« Desere Ellis kam nach vorn. Diesmal sah sie den Angeklagten an. Ein Lächeln huschte über ihr Gesicht. Sie nahm auf der Zeugenbank Platz und wandte sich Perry Mason zu.

»Sie kennen den Angeklagten seit längerer Zeit?« begann Mason.

»Ja.«

»Hat Ihnen der Angeklagte jemals eine Waffe gegeben?«

»Ja, er hat mir einen Revolver geliehen.«

»Ich zeige Ihnen hier einen kurzläufigen Smith and Wesson, achtunddreißiger Kaliber, Seriennummer K 524967, und frage Sie, ob Sie diese Waffe schon einmal gesehen haben?«

»Ja, das ist der Revolver, den mir Kerry Dutton gegeben hat.«

»Hatte er einen besonderen Anlaß dafür?«

»Ja. Ich bekam eine Zeitlang anonyme Drohanrufe und war deswegen beunruhigt.«

»Wurde in dem Gespräch ausdrücklich erwähnt, wer der Besitzer des Revolvers ist?«

»Einspruch!« rief Bailey. »Die Frage ist unsachlich, unerheblich und unwesentlich.«

»Ich frage lediglich nach einer Unterhaltung, die ein Teil des Tatbestandes dieser speziellen Transaktion war«, erklärte Mason. »Sie ist ein Bestandteil der Transaktion und fand lange vor dem Verbrechen statt.«

»Das ändert nichts an der Tatsache, daß die Frage unsachlich, unerheblich und unwesentlich ist«, beharrte Bailey.

»Dem Einspruch wird nicht stattgegeben«, erklärte Richter Alvarado. »Ich bin stets der Auffassung, daß man in einem Prozeß wie diesem der Verteidigung möglichst viel Spielraum gewähren sollte. Beantworten Sie die Frage.«

»Ja«, sagte Desere Ellis, »Kerry Dutton teilte mir mit, daß er der Besitzer der Waffe sei, diese vor einiger Zeit gekauft, aber keine Verwendung dafür habe.«

»Hat Sie der Angeklagte im Gebrauch der Waffe unterwiesen?«

»Ja, er hat die Patronen herausgenommen und mir gezeigt, wie man zielt und abdrückt.«

»Danach wußten Sie, daß es sich um einen Mehrlader handelt?«

»Verzeihen Sie, ich verstehe Ihre Frage nicht.«

»Mit anderen Worten: eine Waffe, mit der man sechsmal abdrücken und hintereinander sechs Schüsse abgeben kann. Ich will darauf hinaus, daß er Ihnen keine Selbstladepistole, sondern einen Revolver gab.«
»Ja.«
»Und was machten Sie damit?«
»Ich hob sie in meinem Schlafzimmer auf. In der obersten Schublade meiner Kommode.«
»Wann haben Sie die Waffe zum letztenmal gesehen?«
»Zwei oder drei Tage vor dem einundzwanzigsten September.«
»Zwei oder drei Tage vor dem Morddatum?«
»Ja, Sir.«
»Wann haben Sie das nächstemal den Revolver gesucht?«
»Ich glaube am dreiundzwanzigsten oder vierundzwanzigsten September.«
»Und warum haben Sie danach gesucht?«
»Weil Sie mich darum gebeten hatten. Dabei stellte ich fest, daß er nicht mehr da war.«
»Kreuzverhör«, sagte Mason.
Hamilton Burger stürzte sich auf die seltene Gelegenheit, Masons Zeugin ins Kreuzverhör zu nehmen. »Was für ein Fabrikat hat Ihnen der Angeklagte geliehen?«
»Fabrikat?«
»Ja, von welcher Firma stammte der Revolver? Handelte es sich um einen Colt, einen Smith and Wesson, einen Harrington and Richardson, einen . . .«
Sie schüttelte den Kopf. »Das weiß ich nicht.«
»Sie kennen also den Firmennamen nicht?«
»Nein, Sir.«
»Und die Seriennummer auch nicht?«
»Nein, Sir.«
»Als Perry Mason Ihnen den Revolver zeigte und Sie fragte, ob Sie den Smith and Wesson mit der Nummer K 524967 schon einmal gesehen hätten, und Sie daraufhin antworteten, daß es sich um die Waffe handelt, die der Angeklagte Ihnen gegeben hatte, haben Sie also Tatsachen beschworen, die Sie nicht wissen. Stimmt das?«
»Ich habe mich auf Mr. Mason verlassen«, antwortete Desere Ellis. »Der Revolver sieht genauso aus wie der, den mir Kerry Dutton gegeben hat.«
»Er sieht genauso aus«, wiederholte Hamilton Burger zynisch.

»Wie viele Waffen haben Sie in Besitz gehabt?«
»Nur die eine.«
»Die Nummer haben Sie nie beachtet?«
»Nein, Sir.«
»Sie wissen nicht einmal, wo die Nummer eingestanzt ist?«
»Nein, Sir.«
»Sie sagen, daß die Waffe, die Ihnen der Angeklagte gegeben hat, genauso aussieht wie das Beweisstück der Anklage?«
Hamilton Burger hielt den Revolver hoch.
»Ja.«
»Ganz genauso?«
»Soweit ich feststellen kann, ja.«
»Wissen Sie, wie diese Revolver hergestellt werden?«
»Ich verstehe Ihre Frage nicht.«
»Wissen Sie, daß die Einzelteile maschinell angefertigt und dann zusammengesetzt werden?«
»Das vermute ich.«
»Und wissen Sie, daß es Hunderte — Tausende — vielleicht Hunderttausende von Revolvern dieses Fabrikats und dieses Modells gibt? Revolver, die genau gleich aussehen?«
»Ich ... ich nehme es an.«
»Sie haben keine Merkmale an dem Revolver entdeckt, die ihn von anderen Waffen unterscheiden? Keine Kratzer oder dergleichen?«
»Nein, Sir.«
»Demnach wissen Sie nur, daß Ihnen der Angeklagte einen Revolver gegeben und behauptet hat, daß dieser sein Eigentum ist. Er hätte also durchaus eine zweite Waffe in der Tasche haben können?«
»Ich ... ich kann diesen Revolver hier nicht identifizieren.«
»Genau«, stellte Burger befriedigt fest. »Sie wissen nur, daß Ihnen der Angeklagte *einen* Revolver gegeben hat. Aber Sie wissen nicht, daß er Ihnen *diesen* Revolver gegeben hat.«
»Ich kann es nicht beschwören.«
»Dann können Sie in diesem Punkt auch keine gültige Aussage machen«, erklärte Hamilton Burger. »Sie sind nicht hier, um Vermutungen anzustellen.«
Die Zeugin fand darauf keine Antwort.
Hamilton Burger holte zum zweiten Schlag aus.
»Hat Sie der Angeklagte aufgesucht, bevor diese Waffe plötzlich verschwunden war?«

»Ja, er war in meiner Wohnung.«
»Hat der Angeklagte während seines Besuches in Ihrer Wohnung das Zimmer, in dem sich die Waffe befand, unter irgendeinem Vorwand betreten? Überlegen Sie jetzt genau.«
»Während Kerry Duttons Besuch erschien Fred Hedley, und es entstand ein Streit zwischen den beiden.«
»Wo fand dieser Streit statt?«
»In meiner Wohnung.«
»Wo genau in Ihrer Wohnung?«
»Er endete in meinem Schlafzimmer.«
»In Ihrem *Schlafzimmer*?«
»Ja.«
»Dort bewahrten Sie die Waffe auf, nicht wahr?«
»Ja, Sir.«
»An welchem Datum fand dieser Streit statt?«
»Am einundzwanzigsten September.«
»Am Abend des Mordes?«
»Ja, Sir.«
»Am Abend des Mordes verschaffte sich der Angeklagte also die Gelegenheit, das Zimmer zu betreten, in dem Sie die Waffe aufbewahrt hatten, verursachte ein Durcheinander, rannte aus der Wohnung, und als Sie das nächstemal nach der Waffe suchten, war sie verschwunden. Stimmt das?«
»Es war kein ...«
»Beantworten Sie meine Frage mit Ja oder Nein.«
»Also ... ja.«
»Das ist alles«, verkündete Burger.
»Ich habe noch eine Frage«, sagte Mason. »Wer hat den Streit angefangen?«
»Fred Hedley.«
»Wer rannte als erster in das Schlafzimmer, in dem Sie den Revolver aufbewahrt hatten?«
»Er.«
»Wer, Fred Hedley?«
»Ja.«
»Das ist alles«, erklärte Mason lächelnd. »Unser nächster Zeuge ist der Angeklagte, Kerry Dutton.«
Mason wandte sich an Dutton. »Jetzt liegt es ganz bei Ihnen«, flüsterte er. »Wenn Sie das Gericht überzeugen können, sind Sie frei. Wenn nicht, werden Sie verurteilt.«
»Ich werde sie überzeugen«, versprach Dutton und ging zum

Zeugenstand. Er wurde vereidigt, setzte sich und sah Perry Mason an.
Mason stellte die einleitenden Fragen; der Zeuge sagte über seine Bekanntschaft mit dem Vater von Desere Ellis, dessen Tod und das Testament aus, das ihn zum Verwalter eines sogenannten Unterhaltsfonds gemacht hatte.
»Wie hoch war der Wert der einzelnen Papiere, als Sie die Verwaltung übertragen bekamen?« fragte Mason.
»Ungefähr einhunderttausend Dollar.«
»Wie lang war der Treuhandvertrag befristet?«
»Bis zum siebenundzwanzigsten Geburtstag der Erbin.«
»Der Unterhaltsfonds wurde laut Testament geschaffen, weil die Erbin nach Ansicht ihres Vaters noch nicht reif genug war, um das Vermögen allein zu verwalten, weil sie – besonders verkrachten Existenzen gegenüber – übertriebenes Mitleid hatte, und der Erblasser glaubte, Miss Ellis vor sich selber schützen zu müssen?«
»Ja, Sir.«
»Haben Sie mit Miss Ellis besprochen, auf welche Weise Sie das Vermögen zu verwalten gedachten?«
»Ja, Sir.«
»Schildern Sie die erste diesbezügliche Unterhaltung«, sagte Mason und hielt dabei den linken Zeigefinger hoch. »Was haben Sie ihr gesagt?«
»Ich habe sie davon in Kenntnis gesetzt, wie hoch die Rendite sein würde, und sie darauf aufmerksam gemacht, daß sie damit ihren gewohnten hohen Lebensstandard nicht aufrechterhalten könne. Ich habe ihr gesagt, daß sie wahrscheinlich noch vor Ablauf des Treuhandvertrages heiraten und ich ihr daher vorschlagen würde, ihr für vier Jahre eine annähernd gleichbleibende monatliche Summe auszuzahlen. Damit könne sie ihre Garderobe, ihre Reisen und eine standesgemäße Geselligkeit bestreiten.«
»Mit anderen Worten, um sich auf dem Heiratsmarkt vorteilhaft zu präsentieren?«
Dutton runzelte die Stirn. »Das habe ich nicht gesagt.«
»Wieviel haben Sie der Erbin im Durchschnitt aus dem Unterhaltsfonds jährlich zur Verfügung gestellt?«
»Ungefähr vierundzwanzigtausend Dollar.«
»Auf wieviel beläuft sich das Vermögen heute?« fragte Mason.
»Der Marktwert der Aktien plus Bargeld?«

»Annähernd zweihundertfünfzigtausend Dollar«, antwortete Dutton.
Richter Alvarado beugte sich vor. »Wie war diese Zahl?«
»Annähernd zweihundertfünfzigtausend Dollar«, wiederholte Dutton.
»Wie ist denn das möglich?« fragte der Richter. »Das ursprüngliche Vermögen betrug einhunderttausend Dollar. Sechsundneunzigtausend Dollar haben Sie der Erbin ausgezahlt?«
»Ja, Euer Gnaden. Auf Grund testamentarischer Bestimmungen war ich ermächtigt, Papiere zu kaufen und zu verkaufen.«
»Und durch Investitionen haben Sie so viel verdient?«
»Ja, die Vermögenszuwachssteuer abgerechnet«, erklärte Dutton.
»Dann«, bemerkte Richter Alvarado, »haben Sie zweifellos eine bemerkenswerte Geschicklichkeit bewiesen.«
»Haben Sie die Erbin vom Zuwachs des Vermögens unterrichtet?« fragte Mason.
»Nein.«
»Warum nicht?«
»Einspruch!« rief Hamilton Burger. »Die Frage ist unsachlich, unerheblich und unwesentlich.«
»Dem Einspruch wird stattgegeben«, erklärte Richter Alvarado. »Die Antwort lautet, daß der Angeklagte die Erbin nicht davon unterrichtet hat. Angeklagter, hatte Miss Ellis Ihres Wissens eine Ahnung, daß und um welchen Betrag das Vermögen gewachsen ist?«
»Nein.«
»Wir haben vorhin festgestellt«, sagte Mason, »daß der Unterhaltsfonds geschaffen wurde, damit Sie, Mr. Dutton, die Erbin vor sich selber schützen könnten.«
»Ja.«
»Hatten Sie den Eindruck, daß der Zweck des Unterhaltsfonds gefährdet worden wäre, wenn die Erbin die genaue Höhe ihres Vermögens gekannt hätte? Fürchteten Sie, daß die Erbin dann womöglich eine verkrachte Existenz geheiratet und . . .«
»Euer Gnaden!« rief Hamilton Burger. »Das ist eine reine Suggestivfrage. Ich erhebe Einspruch. Sie ist unsachlich, unerheblich und unwesentlich.«
»Stattgegeben«, erklärte Richter Alvarado. »Der Verteidiger wird gebeten, derartige Fragen zu unterlassen.«

Die Geschworenen tauschten erstaunte Blicke aus. Sie schienen diesen Punkt registriert zu haben und davon beeindruckt zu sein.
»Kannten beziehungsweise kennen Sie einen gewissen Fred Hedley?« fragte Mason.
»Ja.«
»In welcher Beziehung stand er zu Desere Ellis?«
»Sie bezeichnete ihn gelegentlich als ihren Verlobten.«
»Waren Sie mit dieser Wahl einverstanden?«
»Nein.«
»Warum nicht?«
»Einspruch! Die Frage ist unsachlich, unerheblich und unwesentlich«, sagte Burger.
Richter Alvarado zögerte. »Ich glaube«, erklärte er schließlich, »daß ich langsam eine Systematik in den Fragen des Verteidigers erkenne. Die Antworten können für die Verteidigung ausschlaggebend sein. Dem Einspruch wird nicht stattgegeben. Die Antwort hat sich auf die geistige und seelische Verfassung des Zeugen zu beschränken, ferner auf seine Handlungen in Zusammenhang mit dem Unterhaltsfonds.«
»Beantworten Sie meine Frage«, forderte Mason den Angeklagten auf.
»Ich hielt Fred Hedley für einen Mitgiftjäger.«
»Haben Sie seinetwegen Desere Ellis nicht davon in Kenntnis gesetzt. Einen Moment«, rief Mason, als er sah, daß Hamilton Burger aufsprang, »ich formuliere die Frage anders. Hatte diese Ihre Ansicht etwas damit zu tun, daß Sie Miss Ellis nicht über den Vermögensstand informierten? Das können Sie mit Ja oder Nein beantworten.«
»Einspruch!« rief Hamilton Burger.
»Nicht stattgegeben«, erklärte Richter Alvarado.
»Ja, sie hatte etwas damit zu tun.«
»Befanden sich im Unterhaltsfonds Aktien der Steer Ridge Oil & Refining Company?«
»Ja, Sir.«
»Gehörten diese Aktien zu den ursprünglichen Wertpapieren der Erbmasse, als deren Verwalter Sie eingesetzt wurden?«
»Ja.«
»Was haben Sie mit diesen Aktien gemacht?«
»Ich habe sie verkauft.«
»Haben Sie das je mit der Erbin erörtert?«

»Nein.«
»Wie hat sich die Erbin über die Aktien der Steer Ridge Oil & Refining Company geäußert?«
»Sie war sehr an diesem Aktienpaket interessiert und wurde ganz aufgeregt, weil ihr die Gesellschaft eine Mitteilung geschickt hatte, in der von Konzessionen auf vielversprechenden Feldern die Rede war. Miss Ellis wußte, daß ihr Vater diese Aktien überaus geschätzt hatte.«
»Hat Miss Ellis Ihnen gegenüber eine Bitte geäußert, was diese Aktien anbelangt?«
»Ja, sie hat mich gebeten, sie zu behalten.«
»Aber Sie haben ihre Bitte nicht erfüllt?«
»Nein.«
»Und dann?«
»Nun, ich habe die Aktien verkauft und ... den Erlös später wieder angelegt.«
»In den gleichen Aktien?«
»Ja, in einem Paket der gleichen Aktien.«
»Warum?«
»Weil ich einen Tip erhalten hatte, daß ... Also, ich hatte Grund zu der Annahme, daß ein Kampf um die Wahl in den Aufsichtsrat bevorstand. Ich vermutete, daß der Kurswert der Papiere steigen würde, wenn sich zwei verschiedene Parteien um die Geschäftsleitung stritten.«
»Wieviel Aktien haben Sie gekauft?«
»Zwanzigtausend.«
»Haben Sie in Zusammenhang mit diesen Aktien Kontakt mit dem Ermordeten, Rodger Palmer, gehabt?«
»Ja, telefonisch.«
»Und worüber sprachen Sie?«
»Palmer teilte mir mit, daß er sich an Desere Ellis gewandt und versucht hatte, ihre Stimmvollmacht zu bekommen für die Aufsichtsratswahl der Steer Ridge Oil & Refining Company. Desere Ellis habe ihn an mich verwiesen. Palmer erklärte mir, daß wir die Aktien, die Miss Ellis besaß, enorm in die Höhe treiben könnten, wenn ich mit ihm zusammenarbeiten würde.«
»Und was wollte er?«
»Eine Aussprache unter vier Augen.«
»Trafen Sie eine Verabredung?«
»Ja, nachdem er mir erklärt hatte, er würde nach Erhalt der Stimmvollmacht sowie eines ungesicherten Darlehens von

fünftausend Dollar Fred Hedley in eine solche Lage bringen, daß er Desere Ellis unmöglich heiraten könne.«

»Und was geschah?«

»Palmer erklärte mir, ich solle zu einem bestimmten Zeitpunkt am Abend des einundzwanzigsten September eine bestimmte Nummer anrufen; es handle sich um einen öffentlichen Anschluß. Dort würde ich eine weitere Nummer bekommen, die ich anrufen solle, um zu erfahren, wo das Treffen stattfindet.«

»Haben Sie den ersten Anruf gemacht?«

»Ja.«

»Was wurde Ihnen gesagt?«

»Die Nummer eines zweiten öffentlichen Anschlusses.«

»War der Ermordete, Rodger Palmer, am anderen Ende der Leitung?«

»Das weiß ich nicht. Die Stimme klang verstellt. Für einen Mann war sie unnatürlich hoch, es könnte sogar eine Frau gewesen sein. An jenem Abend hielt ich es für eine Männerstimme. Wenn ich es mir jetzt überlege, bin ich nicht mehr sicher.«

»Und haben Sie die zweite Nummer angerufen?«

»Ja.«

»Mit welchem Ergebnis?«

»Eine Stimme sagte mir, ich solle zum Barclay Country Club fahren, mich zum siebten Abschlag begeben, und zwar unverzüglich, der Mann, den ich dort treffen sollte, müsse gleich wieder weg.«

»War in einem dieser Gespräche von Geld die Rede?«

»Ja, ich sollte fünftausend Dollar mitbringen. Die sollte ich bezahlen, sobald man mir die Information geliefert hatte.«

»Bemerkten Sie während des Telefongesprächs den Zeugen Tom Fulton, der zuvor ausgesagt hat?«

»Ja, Sir. Ich habe Mr. Fulton gesehen, hatte jedoch keine Ahnung, daß er mich beschattete. Ich nahm an, er wollte dringend telefonieren. Er kam zu der Telefonzelle und machte mir Zeichen, aber ich winkte ab.«

»Wußten Sie, daß er Ihnen anschließend folgte?«

»Nein, Sir.«

»Sie haben die Telefonzelle hastig verlassen und rasten mit Ihrem Wagen bei Rot über mehrere Kreuzungen und überfuhren ein Stoppschild?«

»Ja. Ich habe mich mehrfach gegen die Verkehrsordnung vergangen.«
»Sie fuhren zum Barclay Country Club?«
»Ja.«
»Sind Sie Mitglied dieses Clubs?«
»Ja.«
»Wußten Sie, daß man Ihnen folgte?«
»Nein, Sir.«
»Was taten Sie, als Sie angekommen waren?«
»Ich habe meinen Wagen geparkt und mit meinem Schlüssel das Clubhaus aufgesperrt. Der Nachtwächter war nirgends zu sehen, also lief ich direkt auf den Golfplatz.«
»Es war Ihnen bekannt, wo sich der siebte Abschlag befindet?«
»Ja.«
»Was taten Sie?«
»Ich ging zum siebten Abschlag, sah mich um, konnte niemanden entdecken und bemerkte schließlich etwas Dunkles auf dem Boden. Ich kniete mich hin und stellte fest, daß es sich um die Leiche Rodger Palmers handelte.«
»Kannten Sie Rodger Palmer?«
»Nein, ich hatte ihn vorher nie gesehen, sondern nur mit ihm telefoniert.«
»Wie oft?«
»Mehrmals. Das erstemal, als er Desere Ellis um die Stimmvollmacht gebeten und sie ihn an mich verwiesen hatte. Anschließend hatte ich noch einige telefonische Unterhaltungen mit ihm über den Vorschlag, daß ich ihm Geld für die versprochenen Informationen bezahlen sollte.«
»Um welche Zeit kamen Sie im Barclay Country Club an?«
»Einige Minuten vor zehn.«
»Was unternahmen Sie, nachdem Sie die Leiche entdeckt hatten?«
»Ich sah mich um ... Das heißt, ich wollte mich vergewissern, ob er wirklich tot war.«
»Und als Sie sich vergewissert hatten, was unternahmen Sie dann?«
»Ich stand auf und stieß mit dem rechten Fuß an einen harten Gegenstand. Ich bückte mich danach und stellte fest, daß es sich um eine Waffe handelte.«
»Was taten Sie dann?«

»Ich erkannte, daß es mein eigener Revolver war, und ich geriet plötzlich in Panik.«
»Was taten Sie?«
»Ich verließ den Golfclub, fuhr ein Stück die Straße entlang und warf den Revolver in ein Abzugsrohr, weil ich hoffte, daß man ihn dort nicht entdecken würde. Anschließend fuhr ich nach Ensenada in Mexiko und trug mich im ›Siesta del Tarde Auto Court‹ als Frank Kerry ein.«
»Frank ist einer Ihrer Vornamen?«
»Ja, mein voller Name ist Frank Kerry Dutton.«
»Sie erkannten den Revolver als Ihr Eigentum?«
»Ja, ich hielt ihn für den meinen.«
»Und Sie wußten, daß sie ihn Desere Ellis geliehen hatten.«
»Ja.«
»Wollten Sie Desere Ellis decken, als ...«
»Einspruch!« rief Hamilton Burger. »Die Frage ist unsachlich, unerheblich und unwesentlich. Außerdem ist sie suggestiv.«
»Stattgegeben«, erklärte Richter Alvarado.
»Kreuzverhör«, sagte Mason.
Als Hamilton Burger, der District Attorney, aufstand und auf den Zeugen zuging, verbarg er seine wahren Gefühle hinter einer Fassade übergroßer Höflichkeit.
»Ich möchte Ihnen ein paar Fragen stellen«, begann er. »Lediglich zu dem Zweck, Ihre Aussage den Geschworenen und auch mir selbst zu verdeutlichen, Mr. Dutton. Ich nehme an, daß Sie nichts dagegen haben?«
»Selbstverständlich nicht«, antwortete Dutton.
»Fangen wir mit Ihrer Entdeckung der Leiche an«, sagte Hamilton Burger. »Um welche Zeit sind Sie beim siebten Abschlag angekommen? Ich glaube, Sie sagten, daß es ein oder zwei Minuten nach zweiundzwanzig Uhr war?«
»Ja, Sir.«
»Wir sollten doch in der Lage sein, den Zeitpunkt etwas genauer zu fixieren«, erklärte Burger. »Hatten Sie es eilig?«
»Ja, Sir.«
»Befindet sich am Armaturenbrett Ihres Wagens eine Uhr?«
»Ja, Sir.«
»Ging diese am Abend des einundzwanzigsten September genau?«
»Ich bemühe mich, sie immer richtig zu stellen«, antwortete Kerry Dutton.

»Aha«, sagte Burger lächelnd. »Aus dieser Antwort läßt sich wohl entnehmen, daß Sie von Natur aus pünktlich sind und sich nach der Zeit richten?«

»Ja, Sir.«

»Also stellen Sie Ihre Uhr immer genau?«

»Das versuche ich.«

»Sie hatten am Abend des einundzwanzigsten September eine Verabredung, waren in Eile und haben daher sicherlich einige Male auf Ihre Uhr gesehen, während Sie von der Telefonzelle zum Golfclub hinausfuhren?«

»Das habe ich ganz bestimmt getan«, antwortete Dutton ebenso höflich wie der District Attorney.

»Eben«, bemerkte Hamilton Burger mit leiser, wohklingender Stimme. »Demnach müssen Sie in der Lage sein, den Geschworenen zu erklären, was Sie unter ein bis zwei Minuten nach zehn verstehen.«

»Ich würde sagen, daß ich eine Minute vor zweiundzwanzig Uhr am Barclay Country Club ankam. Bis ich meinen Wagen geparkt hatte und ausgestiegen war, muß es eine Minute nach zweiundzwanzig Uhr gewesen sein.«

»Aha«, sagte Hamilton Burger wieder. »Und wie lange haben Sie gebraucht, bis Sie beim siebten Abschlag waren?«

»Drei Minuten etwa, würde ich sagen.«

»Also sind Sie genau vier Minuten nach zweiundzwanzig Uhr beim siebten Abschlag angekommen?«

»Ich kann es Ihnen nicht auf die Sekunde genau sagen, glaube aber, daß ich vier Minuten nach zweiundzwanzig Uhr dort ankam.«

»Vom Clubhaus zum siebten Abschlag braucht man also drei Minuten?«

»Ja.«

»Sie haben gehört, daß der Privatdetektiv Tom Fulton aussagt, Sie hätten das Clubhaus um zweiundzwanzig Uhr zweiundzwanzig verlassen?«

»Ja, Sir.«

»Haben Sie zufällig einen Blick auf Ihre Uhr am Armaturenbrett geworfen, als Sie wegfuhren?«

»Ich war ziemlich aufgeregt und habe in diesem Augenblick nicht auf die Uhr gesehen. Ich erinnere mich aber, daß ich es getan habe, als ich an dem Abzugskanal anhielt.«

»Und wie spät war es da?«

Dutton lächelte. »Das habe ich vergessen, Sir. Ich habe die Zeit zwar registriert, ihr jedoch keine besondere Bedeutung beigemessen. Trotzdem erinnere ich mich, daß ich einen Blick auf die Uhr geworfen habe. Es muß gegen zweiundzwanzig Uhr fünfundzwanzig gewesen sein, ich bin aber nicht sicher.«
»Warum haben Sie auf die Uhr gesehen?«
»Vermutlich eine reine Reflexbewegung.«
»Aha, ich verstehe. Waren Sie übrigens zu dem Zeitpunkt schon entschlossen, nach Ensenada zu fahren?«
»Ich habe mit dem Gedanken gespielt.«
»Dann haben Sie wahrscheinlich auf die Uhr gesehen, weil Sie sich ausrechnen wollten, wie lange für Sie die Fahrt dauert.«
»Das könnte der Grund gewesen sein.«
»Es klingt jedenfalls sehr einleuchtend«, bemerkte Burger.
Dutton nickte.
»Nun wollen wir einmal sehen«, fuhr der District Attorney fort. »Um zweiundzwanzig Uhr vier sind Sie beim siebten Abschlag angekommen. Sie erwarteten, Rodger Palmer dort zu treffen und rechneten natürlich damit, daß er am Leben ist?«
»Ja, Sir.«
»Der Himmel war nicht dunkel, das heißt, Sie konnten den Widerschein der Lichter der Stadt sehen?«
»Ja, Sir.«
»Es war also hell genug, damit Sie den Weg finden konnten?«
»Ja, Sir.«
»Kein helles, sondern ein diffuses Licht?«
»Ja, Sir.«
»Wenn Rodger Palmer nun am siebten Abschlag gestanden und auf Sie gewartet hätte, hätte sich seine Silhouette vom Himmel abgehoben?«
»Ja, Sir.«
»Dann müssen Sie doch vermutet haben, daß etwas nicht stimmt, sobald Sie den siebten Abschlag erreicht hatten und niemand sahen?«
»Das habe ich wohl auch. Das muß der Grund gewesen sein, warum ich mich umgesehen habe.«
»Umgesehen?«
»Ja.«
»Was verstehen Sie unter umsehen?«
»Ich bin ein paar Schritte gegangen und habe den Boden abgesucht.«

»Den Boden abgesucht?« wiederholte Hamilton Burger. Seine Stimme war plötzlich verändert. »Sie haben also den Mann, mit dem Sie verabredet waren, auf dem Boden gesucht?«
»Ich habe mich umgesehen. Rodger Palmer stand nicht da, und wenn er überhaupt gekommen war, mußte er irgendwo sein.«
»Ich verstehe«, meinte Hamilton Burger. »Wenige Sekunden, nachdem Sie beim siebten Abschlag angekommen waren, begannen Sie also, Rodger Palmer auf dem Boden zu suchen?«
»Ich habe nicht von wenigen Sekunden gesprochen.«
»Nein, das taten Sie nicht«, erklärte Hamilton Burger. »Aber es ist die logische Schlußfolgerung. Sie erwarteten, ihn zu treffen. Sie hielten Ausschau nach ihm. Sie entdeckten keine Silhouette am Horizont, also begannen Sie sich umzusehen. Sie brauchten doch nicht mehr als zwei, drei Sekunden, um festzustellen, daß Rodger Palmer nicht da stand. Habe ich recht?«
»Ja, Sir.«
»Daraufhin haben Sie sofort angefangen, sich umzusehen ... Verzeihen Sie, Mr. Dutton, ich möchte fair zu Ihnen sein. Ich will nur, daß die Geschworenen Ihre Aussage richtig verstehen. Nach ein paar Sekunden also haben Sie sich umgeschaut?«
»Ja.«
»Demnach haben Sie zumindest fünf Minuten nach zweiundzwanzig Uhr den Boden abgesucht?«
»Das dürfte wohl stimmen.«
»Und sobald Sie den Blick auf den Boden gerichtet hatten, entdeckten Sie die Leiche?«
»Nein, nicht sofort.«
»Aber nach ein paar Sekunden? Nach acht oder zehn Sekunden?«
»Ich weiß nicht, ob es nach acht oder zehn Sekunden war.«
»Dann wollen wir doch einmal nachrechnen«, sagte Hamilton Burger. »Stehen Sie bitte auf, und gehen Sie bitte im Kreis herum. Ich werde auf die Uhr sehen und Ihnen Bescheid sagen, wenn zehn Sekunden vorbei sind.«
Kerry Dutton gehorchte.
»Die zehn Sekunden sind vorbei«, rief Hamilton Burger. »Würden Sie sagen, daß die Leiche am siebten Abschlag innerhalb eines Kreises lag, wie Sie ihn beschrieben haben?«
»Der Kreis war vielleicht etwas größer.«

»Dann haben Sie die Leiche etwa zwanzig Sekunden nach Beginn Ihrer Suche entdeckt?«
»Möglich. Es können auch dreißig Sekunden gewesen sein.«
»Sind dreißig Sekunden die äußerste Grenze?«
»Ich würde sagen, ja, Sir.«
»Gut, nach dreißig Sekunden stießen Sie nun mit dem Fuß gegen etwas?«
»Ich sah einen dunklen Umriß, und ich stieß mit dem Fuß dagegen.«
»Und stellten fest, daß es eine Leiche war.«
»Ja, Sir.«
»Daraufhin haben Sie sich sofort hingekniet?«
»Ja, Sir.«
»Das geschah also nach dreißig Sekunden. Nach dreißig Sekunden knieten Sie neben der Leiche. Ach was, seien wir großzügig, Mr. Dutton, sagen wir, daß Sie sich sechs Minuten nach zweiundzwanzig Uhr neben der Leiche hinknieten.«
»Ja, Sir.«
»Das erscheint Ihnen fair?«
»Ja, sehr fair.«
»Sie stellten sofort fest, daß der Mann tot war?«
»Nun . . . nach einigen Sekunden.«
»Wieder zehn Sekunden, Mr. Dutton?«
»Ich würde sagen, ja. Nach zehn Sekunden.«
»Sie stellten also fest, daß der Mann tot war, und was unternahmen Sie dann?«
»Ich wollte loslaufen und die Polizei verständigen, als ich gegen einen harten Gegenstand stieß. Ich bückte mich und sah, daß es dieser Revolver war.«
»Was taten Sie daraufhin?«
»Ich erkannte ihn als mein Eigentum.«
»Mit Sicherheit?«
»Ja.«
»Und dann?«
»Dann wurde mir plötzlich klar, daß ich mich in einer eigentümlichen Situation befand.«
»Das kann man wohl sagen«, bemerkte Hamilton Burger spöttisch. »Sie befanden sich in einer höchst eigentümlichen Situation.«
»Ja, Sir.«
»Deshalb wollten Sie erst eine Weile darüber nachdenken?«

»Ja, Sir.«
»Endlich kamen Sie zu einem Entschluß, nämlich den Golfclub zu verlassen, ohne die Polizei zu verständigen, daß Sie eine Leiche entdeckt hatten?«
»Ja, Sir.«
»Sobald Sie diesen Entschluß gefaßt hatten, verließen Sie eiligst den siebten Abschlag, rannten durch das Clubhaus zu ihrem Wagen, sprangen hinein und fuhren weg?«
»Ja, Sir.«
»Dieser Zeitpunkt steht fest – das war um zweiundzwanzig Uhr zweiundzwanzig. Um zweiundzwanzig Uhr sechs haben Sie die Leiche entdeckt und die Waffe gefunden. Damit bleibt eine Zeitspanne von fünfzehn Minuten, Mr. Dutton.«
»Es kam mir nicht so lang vor.«
»Es ist eindeutig bewiesen, daß es so lange dauerte, Mr. Dutton. Eine Zeitspanne von fünfzehn Minuten, in der Sie neben der Leiche saßen und den Revolver in der Hand hielten.«
»Es kann nicht so lang gewesen sein.«
»Was haben Sie sonst noch gemacht?« fragte Burger.
»Ich ... Nichts weiter.«
»Fünfzehn Minuten«, betonte Hamilton Burger. »Eine Viertelstunde. Was haben Sie in dieser Viertelstunde getan, Mr. Dutton?«
»Ich habe versucht, mir über die Situation klarzuwerden.«
»Haben Sie vielleicht Beweismaterial versteckt?«
»Ganz bestimmt nicht. Das würde ich nie tun.«
»Aber Sie wußten doch sicher, daß der Revolver Beweismaterial ist?«
»Das nahm ich an.«
»Und dieses Beweismaterial wollten Sie nun verschwinden lassen.«
»Ich habe den Revolver mitgenommen.«
»Und ihn in einem Abzugsrohr versteckt?«
»Ja, Sir.«
»Dann haben Sie also doch Beweismaterial verschwinden lassen?«
»Ja, Sir.«
»Demnach besteht wohl keine Veranlassung, hier bei Gericht eine so selbstgerechte Haltung einzunehmen und zu behaupten, daß Sie nie Beweismaterial verstecken würden. Ich frage Sie nochmals: Was haben Sie während dieser fünfzehn Minu-

ten gemacht, während Sie im Dunkeln neben der Leiche saßen?«
»Ich weiß es nicht. Ich habe wohl versucht, mich zusammenzureißen.«
»Sie konnten den Himmel sehen. War er einigermaßen hell?«
»Ja, am Horizont.«
»Aber der Boden war dunkel?«
»Nicht zu sehr.«
»Immerhin so dunkel, daß Sie die Leiche nicht sofort entdeckten?«
»Ich habe etwas Dunkles gesehen.«
»Aber Sie haben uns gerade eben gesagt, Sie hätten zwanzig bis dreißig Sekunden dazu gebraucht. Mit Ihren eigenen Worten: Sie wanderten etwa dreißig Sekunden umher.«
»Es war doch nicht so lange. Es war ... Ich komme auf meine erste Aussage zurück, daß es acht oder zehn Sekunden gewesen sind.«
»Sie wollen also Ihre Aussage dahingehend ändern, daß es keine dreißig Sekunden waren?«
»Ich denke, diese Schätzung stammt von Ihnen«, antwortete Kerry Dutton. »Ich habe erklärt, daß es mehr als zehn Sekunden, vielleicht zwanzig Sekunden waren. Sie haben mir daraufhin dreißig Sekunden zugestanden, um fair zu sein.«
»Ja, ja«, entgegnete Hamilton Burger. »Dann waren es Ihrer Schätzung nach also zwanzig Sekunden?«
»Ja, Sir.«
»Aber gerade eben sagten Sie, daß es weniger als zehn Sekunden gewesen sind.«
»Ich hatte schließlich keine Stoppuhr dabei.«
»Sehr richtig«, bemerkte Hamilton Burger zynisch. Sie hatten keine Stoppuhr dabei, haben aber hier unter Eid ausgesagt, daß Sie glauben, es sei länger als zehn Sekunden gewesen, vielleicht sogar zwanzig.«
»Nun ... ja.«
»Und jetzt bestehen Sie darauf, daß es weniger als zehn Sekunden gewesen sind.«
»Ich halte es für möglich.«
»Was stimmt jetzt?« fragte Hamilton Burger. Seine Stimme klang scharf. »Zehn Sekunden oder zwanzig Sekunden?«
»Ich würde sagen, eher zehn Sekunden.«

»Und Sie haben den Revolver aufgehoben?«
»Ja.«
»Und waren der Meinung, daß es sich um Ihre Waffe handelt?«
»Ja.«
»Wie kamen Sie darauf?«
»Ich sah, daß es ein Smith-and-Wesson-Revolver vom gleichen Typ war, wie der, den ich gekauft hatte.«
»Sie *sahen*, daß es ein Smith-and-Wesson-Revolver war?«
»Ja, Sir.«
»Wie konnten Sie das, wenn es so dunkel gewesen ist, daß Sie zehn beziehungsweise zwanzig Sekunden brauchten, um die Leiche zu entdecken? Wie um alles in der Welt konnten Sie bei der Beleuchtung das Fabrikat feststellen?«
»Ich hatte eine Taschenlampe bei mir.«
»Sie hatten ... *was*?« rief Hamilton Burger, als ob der Angeklagte eben den Mord gestanden hätte.
»Ich hatte eine Taschenlampe bei mir.«
»Warum haben Sie uns das denn nicht vorher gesagt?«
»Weil mich niemand danach gefragt hat.«
»Soso ... Sie hatten also eine kleine Taschenlampe bei sich und haben uns nichts davon gesagt, weil Sie niemand danach gefragt hat.«
»Richtig.«
»Haben Sie noch weitere belastende Geständnisse abzulegen, die Sie bisher verschwiegen haben, weil Sie niemand danach gefragt hat?«
»Ich halte meine Aussage nicht für ein belastendes Geständnis.«
»Was Sie nicht sagen! Sie geben jetzt zu, daß Sie eine Taschenlampe bei sich hatten. Und warum benutzten Sie sie nicht, als Sie sich umsahen?«
»Weil sie in meiner Tasche steckte.«
»Und Sie waren zu bequem, sie aus der Tasche zu holen?«
»Das nicht, aber ich sah keine Veranlassung dazu.«
»Aber Sie begannen den Boden abzusuchen?«
»Ja.«
»Mindestens zehn Sekunden lang?«
»Ungefähr.«
»Und Sie sind nicht auf die Idee gekommen, Ihre Taschenlampe zu benutzen?«

»In dem Moment noch nicht.«
»Haben Sie nachher die Leiche mit der Taschenlampe angeleuchtet?«
»Nein.«
»Warum nicht?«
»Weil ich mich lediglich vergewissern wollte, ob der Mann tot war.«
»Aber aber ... Sie hatten eine Taschenlampe bei sich und waren nicht einmal soweit interessiert, daß Sie sich die Züge des Toten betrachteten, um festzustellen, ob Sie ihn kannten?«
»Ich hatte Rodger Palmer nie persönlich kennengelernt, nur telefonisch.«
»Sie nahmen also an, daß es sich um Rodger Palmers Leiche handelte.«
»Ja.«
»Das war lediglich eine Vermutung?«
»Ja.«
»Es hätte auch jemand anders sein können?«
»Ja, durchaus.«
»Sie waren nicht neugierig genug, um Ihre Taschenlampe zu Hilfe zu nehmen?«
»Nein.«
»Mit anderen Worten: Sie *wußten*, wer der Tote war, nicht wahr, Mr. Dutton?«
»Nein, Sir, ich habe Ihnen bereits gesagt, daß ich es nicht wußte. Ich vermutete es nur.«
»Aber sobald Sie den Revolver gefunden hatten, benutzten Sie die Taschenlampe?«
»Ja.«
»Um sicherzugehen, daß es ein Smith-and-Wesson-Revolver ist?«
»Ja.«
»Haben Sie die Nummer kontrolliert?«
»Ich glaube schon.«
»Und haben Sie festgestellt, daß eine Patrone abgefeuert worden war?«
»Ja.«
»Und dann wurde Ihnen klar, daß Sie Fingerabdrücke auf der Waffe hinterlassen hatten?«
»Ja.«

»Was haben Sie dagegen unternommen?«
»Ich habe den Revolver mit meinem Taschentuch gründlich abgewischt.«
»Aha, Sie haben den Revolver mit Ihrem Taschentuch gründlich abgewischt!«
»Ja, Sir.«
»Und dabei haben Sie nicht nur Ihre eigenen Fingerabdrücke, sondern auch andere abgewischt?«
»Ja, Sir, das ist anzunehmen.«
»Und trotzdem haben Sie gerade versichert, daß *Sie* niemals Beweismaterial verstecken würden. O nein, Sie nicht! Warum haben Sie dann bloß die Fingerabdrücke des Mörders abgewischt?«
»Ich wollte meine eigenen entfernen.«
»Weshalb?«
»Ich fürchtete ... ich fürchtete, daß es mein Revolver war und daß man mich mit dem Mord in Verbindung bringen könnte.«
»Sie hatten also bereits um zweiundzwanzig Uhr sechs oder zweiundzwanzig Uhr sieben die Befürchtung, mit dem Verbrechen in Verbindung gebracht zu werden?«
»Wie wäre Ihnen zumute, wenn Sie Ihre Waffe am Tatort gefunden hätten?«
Hamilton Burger richtete sich zu seiner vollen Größe auf. »Als gesetzestreuer Bürger hätte ich sofort die Polizei zu Hilfe gerufen. Ich hätte alles darangesetzt, um die Fingerabdrücke des Mörders auf der Tatwaffe zu erhalten. Ich wäre zum nächsten Telefon gestürzt und hätte die Polizei benachrichtigt. Ich hätte sofort gesagt: ›Ich glaube, es handelt sich um meinen eigenen Revolver, und wahrscheinlich habe ich Fingerabdrücke hinterlassen, aber die des Mörders müßten auch darauf sein.‹ Ich hätte ganz bestimmt nicht mein Taschentuch genommen und die Fingerabdrücke des Mörders abgewischt oder unterwegs angehalten und die Waffe in einen Abzugskanal geworfen. Und fraglos hätte ich nicht ... aber ich schweife ab, Mr. Dutton. Sie haben mir eine Frage gestellt, und ich habe sie beantwortet. Das hätte ich nicht tun sollen. Ich sollte derjenige sein, der Ihnen Fragen stellt. Was haben Sie unternommen, nachdem Sie die Fingerabdrücke abgewischt hatten?«
»Ich rannte über den Golfplatz und stieg in meinen Wagen.«
»Nein, das taten Sie nicht«, erklärte Hamilton Burger. »Ihre

Aussage beweist, daß Sie weitere vierzehn Minuten gewartet haben. Was taten Sie während dieser vierzehn Minuten?«

»Nun, zunächst einmal habe ich die Waffe abgewischt.«

»Sie haben sie vermutlich wie verrückt poliert.«

»Ich habe sie kräftig poliert.«

»Sie haben sie angehaucht, damit auch nicht die leiseste Spur eines Fingerabdrucks zurückbleibt?«

»Ja, ich glaube, das habe ich getan.«

»Alle Achtung ... und das bei einem Mann, der gar nicht auf die Idee kommen würde, Beweismaterial zu verstecken!«

Zutiefst erschüttert über die Schlechtigkeit der Menschen schüttelte Hamilton Burger den Kopf, drehte sich um und ging auf seinen Platz zu. Plötzlich blieb er stehen, als sei ihm noch etwas eingefallen, und wandte sich wieder an den Zeugen. »Ich will Ihnen noch einige Fragen stellen, Mr. Dutton. Bezüglich des Unterhaltsfonds. Sie behaupten, daß die Erbmasse einen Wert von ungefähr hunderttausend Dollar hatte, als sie Ihnen zur Verwaltung übertragen wurde. Nachdem Sie angeblich hunderttausend Dollar an die Erbin ausgezahlt haben, sollen noch etwa zweihundertfünfzigtausend Dollar übrig sein?«

»Ja, Sir.«

»Das Aktienpaket der Steer Ridge Oil & Refining Company haben Sie verkauft?«

»Ja.«

»Und mit Rodger Palmer wollten Sie sich treffen, um über ein Abkommen zu verhandeln, das mit dem Aktienstimmrecht der Steer Ridge Oil & Refining Company zusammenhing?«

»Ja, Sir.«

»Das verstehe ich nicht«, erklärte Hamilton Burger. »Sie hatten die Aktien der Steer Ridge Oil & Refining Company doch verkauft?«

»Ja, aber ich besaß ein anderes Paket dieser Gesellschaft.«

»Ein anderes Paket, Mr. Dutton?«

»Ja.«

»Der Steer Ridge Oil & Refining Company?«

»Ja.«

»Soso, das müssen wir klären. Berichten Sie.«

»Ich besaß ein Paket, das ich selber erworben hatte.«

»Wann?«

»Den ersten Teil habe ich vor einigen Wochen gekauft, den Rest ein paar Tage vor der plötzlichen Hausse.«

»Und behielten Sie die?«
»Ja.«
»Die Aktien aus dem Treuhandfonds haben Sie verkauft?«
»Ja, Sir.«
»Warum?«
»Weil ich die Papiere für eine schlechte Geldanlage hielt.«
»Aber für Sie selbst war es eine gute Kapitalanlage?«
»Ich konnte es mir leisten zu spekulieren.«
»Aha. Haben Sie das Aktienpaket aus dem Treuhandfonds an sich selber verkauft?«
»Nein, ich habe später gekauft und den Kurswert bezahlt.«
»Und die Aktien sind gestiegen?«
»Ja.«
»Um wieviel?«
»Erheblich.«
»Welchen Preis haben Sie für das Aktienpaket aus der Erbmasse bekommen?«
»Rund zehntausend Dollar.«
»Und was wäre es heute wert?«
»Zweihunderttausend Dollar.«
»Also erzielten Sie für sich einen Gewinn von hundertneunzigtausend Dollar dadurch, daß Sie die Interessen der Erbin nicht wahrnahmen?«
»Davon kann nicht die Rede sein.«
»Sie haben das Paket aus der Erbmasse verkauft und für sich selbst Aktien derselben Gesellschaft gekauft?«
»Ja – als ich vom Kampf um die Geschäftsleitung der Steer Ridge Oil & Refining Company erfuhr.«
»Und dieses Aktienpaket ist heute das Vielfache dessen wert, was Sie dafür bezahlt haben?«
»Ja.«
»Wie rechtfertigen Sie diese Handlungsweise?«
»Die Aktien der Steer Ridge Oil & Refining Company sind reine Spekulationspapiere. Ich habe sie nicht gekauft, weil ich Aktionär der Gesellschaft werden, sondern weil ich den Unterhaltsfonds absichern wollte.«
»Und wie wollten Sie den Unterhaltsfonds absichern, wenn Sie die Aktien unter eigenem Namen kauften?«
»Ich beabsichtigte, sie im Falle eines Kursanstiegs auf Miss Ellis zu überschreiben.«
»Ach so. Sie haben ein Aktienpaket der Steer Ridge Oil &

Refining Company erworben. Bei fallender Tendenz wollten Sie den Verlust tragen und bei steigender den Gewinn Miss Ellis zukommen lassen?«

»So ungefähr.«

»So ungefähr!« wiederholte Hamilton Burger sarkastisch. »Und haben Sie nun das Aktienpaket dem Treuhandfonds wiederzugeführt?«

»Ja.«

»Und dadurch liegt der Wert des Vermögens jetzt bei zweihundertfünfzigtausend Dollar?«

»Es sind sogar noch weitere Gewinne zu erwarten.«

»Ich nenne das jonglieren!« rief Hamilton Burger. »Vielleicht können Sie mir Ihre Transaktionen genauer erklären, Mr. Dutton. Ich bin schließlich kein Finanzfachmann. Sie sind doch von Beruf Anlageberater?«

»Ja, Sir. Ich vertrete verschiedene Kunden.«

»Und bei diesen anderen Kunden verkaufen Sie ebenfalls die gewinnbringenden Papiere heimlich an sich selbst?«

»Mit diesen anderen Kunden habe ich andere Verträge.«

»Ich verstehe. Verträge, die dem Kunden das Recht einräumen, von Zeit zu Zeit eine Abrechnung zu verlangen. Übrigens, wieviel Abrechnungen haben Sie Miss Ellis vorgelegt?«

»Keine.«

»Wann haben Sie sie davon in Kenntnis gesetzt, daß die Aktien der Steer Ridge & Refining Company verkauft sind?«

»Nie.«

»Sie haben sie nie davon in Kenntnis gesetzt?«

»Nein.«

»Sagten Sie nicht, daß Sie von der Erbin gebeten wurden, das Aktienpaket zu behalten?«

»Doch. Miss Ellis hatte mich darum gebeten.«

»Sie setzten Sie nicht davon in Kenntnis, daß Sie die Aktien trotzdem verkauft hatten?«

»Nein, Sir.«

»Und sagten ihr auch nicht, daß Sie die Papiere an sich selber verkauft hatten?«

»Nein, Sir.«

»Oder daß Sie dadurch einen Riesenprofit erzielt haben?«

»Nein, Sir. Ich betone nochmals, daß ich nicht die Aktien gekauft habe, die aus der Erbmasse stammten.«

»Sie behaupten also, daß Sie die Aktien, die Sie unter Ihrem Namen erstanden, auf Miss Ellis überschreiben ließen?«
»Ja.«
»Wenn es sich nicht um die Aktien aus der Erbmasse handelte, warum haben Sie dann Ihr eigenes Aktienpaket auf Miss Ellis überschrieben? Hatten Sie ein schlechtes Gewissen?«
»Nein, Sir.«
»Wann haben Sie die Aktien auf Miss Ellis überschreiben lassen?«
»Um den einundzwanzigsten September herum.«
»Um den einundzwanzigsten September herum? Wie interessant! Mit anderen Worten, um die Zeit, als Rodger Palmer Sie anzurufen anfing?«
»Seine Anrufe hatten mit meinen Unternehmungen nicht das geringste zu tun.«
»Was geschah noch um diese Zeit?« fragte Hamilton Burger. »Haben Sie vielleicht einen Anwalt konsultiert?«
Der Angeklagte zögerte.
»Haben Sie einen Anwalt konsultiert?« wiederholte Hamilton Burger scharf. »Ja oder nein?«
»Ja.«
»Haben Sie diesem Anwalt gesagt, daß Sie Geld aus einem Vermögen, das Ihnen zur Verwaltung übertragen war, veruntreut haben?«
»Ich sagte ihm, daß ich bestimmte Aktien aus dem Unterhaltsfonds verkauft hatte, von denen ich annahm, daß sie fallen würden.«
»Und diese gleichen Aktien haben Sie gekauft?«
»Ja, Papiere der Steer Ridge Oil & Refining Company, Sir.«
»Haben Sie die Gewohnheit, Aktien zu kaufen, die Sie für wertlos halten? Beziehungsweise Aktien, deren Kurs fällt?«
»Manchmal gehe ich ein Risiko ein.«
»Sie kaufen Aktien, von denen Sie annehmen, daß sie im Kurs sinken?«
»Ich meine, manchmal kaufe ich Spekulationspapiere, Sir.«
»Aber wenn Sie Spekulationspapiere kaufen, sind Sie der Meinung, daß sie steigen?«
»Ich hoffe darauf.«
»Als Sie nun das Paket erwarben, waren Sie also der Meinung, daß die Aktien der Steer Ridge Oil & Refining Company steigen würden?«

»Ich wußte, daß diese Möglichkeit bestand.«
»Und obwohl Sie als Vermögensverwalter wußten, daß die Erbin die Papiere behalten wollte und daß die Papiere möglicherweise steigen würden, haben Sie das Paket aus dem Unterhaltsfonds verkauft?«
»Ich hielt es für das beste.«
»Für wen? Für die Erbin oder für sich selbst?«
»Für die Erbin.«
»Und später haben Sie die gleiche Anzahl von Aktien unter eigenem Namen gekauft«, stellte Hamilton Burger nachdenklich fest. »Auf den Rat eines Anwalts hin haben Sie diese Aktien kurz vor dem Mond auf Miss Ellis überschreiben lassen und die Erbin nicht davon unterrichtet. Sie haben ihr nie eine Abrechnung vorgelegt. Sehr interessant, Mr. Dutton. Ich bin froh, daß ich Sie ins Kreuzverhör genommen habe, sonst wären diese Tatsachen nie ans Licht gekommen. Sie hatten natürlich nicht vor, die Geschworenen darüber zu informieren, nicht wahr?«
»Ich wurde nicht danach gefragt.«
»Sie meinen, daß es der Verteidiger bei seinem Verhör sorgfältig vermieden hat, Ihnen diese Fragen zu stellen?«
»Einspruch!« sagte Perry Mason. »Die Frage verlangt nach einer Schlußfolgerung des Zeugen.«
»Stattgegeben«, erklärte Richter Alvarado prompt.
Hamilton Burger grinste die Geschworenen an. »Damit ist mein Kreuzverhör beendet«, verkündete er und kehrte mit der triumphierenden Miene eines Mannes, der endlich einen lebenslänglichen Ehrgeiz befriedigt hatte, zu seinem Platz zurück.

## 19

»Rufen Sie Mr. Holbrook«, bat Perry Mason.
George Holbrook erregte durch seine Größe, seine schlaksige Art, sein wettergebräuntes Gesicht und den schlurfenden Gang die Aufmerksamkeit der Geschworenen. Er wurde vereidigt und betrat den Zeugenstand.
»Erinnern Sie sich an den Abend des einundzwanzigsten September?« begann Mason das Verhör.

»Freilich«
»Ist an diesem Abend etwas Besonderes passiert?«
»Ja, Sir.«
»Was?«
»Die Schwester meiner Frau ist zu Besuch gekommen.«
»Wann kam Ihre Schwägerin an?«
»Zehn Minuten nach elf ist die Maschine endlich gelandet.«
»Haben Sie Ihre Schwägerin auf dem Flughafen abgeholt?«
»Selbstverständlich.«
»Versuchen Sie, sich genau an den Abend des einundzwanzigsten September zu erinnern. Ist vor der Ankunft Ihrer Schwägerin etwas passiert, das Ihre Aufmerksamkeit erweckte und außergewöhnlich war?«
»Ja, Sir.«
»Was?«
»Gegen neun Uhr, ungefähr ein oder zwei Minuten nach neun, habe ich einen Schuß gehört.«
Hamilton Burger sprang auf. »Ich beantrage, den letzten Teil der Antwort aus dem Protokoll zu streichen, weil er eine Schlußfolgerung des Zeugen wiedergibt.«
»Ich bin der Meinung«, erklärte Richter Alvarado, »daß der Ausdruck gebräuchlich genug ist und wir ihn durchgehen lassen können. Sie können den Zeugen später über diesen Punkt ins Kreuzverhör nehmen.«
»Aus welcher Richtung kam das Geräusch?« fragte Mason.
»Vom Golfgelände.«
»Wo liegt Ihr Haus, vom Golfgelände des Barclay Country Club aus betrachtet?«
»Wir wohnen in einer Straße, die parallel zum Club läuft.«
»Wissen Sie, wo sich der siebente Abschlag befindet?«
»Ja, Sir.«
»Um Irrtümer auszuschließen, zeige ich Ihnen hier eine Karte, die zum Beweismaterial gehört, und bitte Sie, die Querstraße, die Ihrem Haus am nächsten liegt, sowie den Abschlag Nummer sieben zu betrachten.«
»Ja, Sir, ich sehe beides.«
»Wie weit etwa wohnen Sie vom Abschlag Nummer sieben entfernt?«
»Ungefähr hundertfünfzig Meter.«
»Kreuzverhör«, erklärte Mason.
Hamilton Burger stand auf und wandte sich mit dem Ausdruck

größter Verblüffung an den Richter. »Euer Gnaden, ich beantrage, daß die Aussage dieses Zeugen als unsachlich, unerheblich und unwesentlich aus dem Protokoll gestrichen wird.«
Richter Alvarado wandte sich an Mason. »Würden Sie uns bitte erklären, aus welchem Grund Sie diesen Zeugen vorgeladen haben, Mr. Mason?«
»Selbstverständlich. Der Gerichtsarzt hat ausgesagt, daß der Tod zwischen einundzwanzig Uhr dreißig abends und zwei Uhr dreißig morgens eingetreten ist.
Im Kreuzverhör hat er zugegeben, ein Arzt könne die Todeszeit nicht auf die Minute genau festlegen. Der Tod könnte möglicherweise schon um einundzwanzig Uhr eingetreten sein.
Der Angeklagte hat ausgesagt, daß Palmer bereits tot war, als er am Tatort ankam. Der Tod könnte sehr wohl eine Stunde vorher eingetreten sein.«
Hamilton Burger lachte und rang angestrengt um Fassung. »Das alles basiert auf der Tatsache, daß jemand eine Fehlzündung, einen entfernten Überschallknall oder das Platzen eines Autoreifens gehört hat und durch den Einfluß des Verteidigers zu der Überzeugung geführt wurde, es sei ein Schuß gewesen. Und jetzt soll das Gericht nicht nur glauben, daß es sich um einen Schuß handelte, sondern sogar um den tödlichen. Euer Gnaden, ich behaupte, daß diese Aussage viel zu verschwommen und zudem eine reine Mutmaßung ist, um auch nur im geringsten am Beweismaterial zu rütteln, geschweige denn die Geschworenen zu beeinflussen.«
Richter Alvarado schüttelte den Kopf. »Ich glaube, Ihre Argumente richten sich eher gegen die Bedeutung der Aussage als gegen ihre Zulassung als Rechtsmittel. Das Gericht läßt die Zeugenaussage zu. Es bleibt natürlich Ihnen überlassen, Ihren Standpunkt im Kreuzverhör zu untermauern.«
Hamilton Burgers Seufzer sollte den Geschworenen zeigen, mit welchen Widerwärtigkeiten sich ein District Attorney herumschlagen muß. Er wandte sich an den Zeugen: »Woher wissen Sie, daß es einundzwanzig Uhr war?«
»Weil ich draußen auf unserer Veranda war und eine Zigarette rauchte, als mir plötzlich einfiel, daß es Zeit für eine meiner Lieblingssendungen im Fernsehen war.«
»Um was für eine Sendung handelt es sich?«
»Um die Nachrichten mit Kommentar.«
»Eine Ihrer Lieblingssendungen, sagen Sie?«

»Ja.«
»Sehen Sie sie jeden Abend an?«
»Ja, fast jeden Abend.«
»Ist es die einzige Sendung, die Sie sich ansehen?«
»Aber wo!«
»Sie sehen also auch noch andere?«
»Natürlich.«
»Was für welche?«
»Ich habe zwei oder drei Lieblinge unter den Nachrichtensprechern.«
»Zum Beispiel?«
»Carleton Kenny. Den versäume ich fast nie.«
»Aha«, bemerkte Hamilton Burger. »Er ist um dreiundzwanzig Uhr auf dem Bildschirm zu sehen, nicht wahr?«
»Ja, Sir.«
»Und wer noch?«
»Na ja, eben noch ein oder zwei andere.«
»Welche Sendung sahen Sie sich an, als Sie um einundzwanzig Uhr einen Schuß zu hören glaubten?«
»Die Nachrichten, die immer Ralph Woodley bringt.«
»Woodley?«
»Nein, nein«, verbesserte sich der Zeuge. »Ich habe George Tillman gemeint.«
»Einen Augenblick, bitte«, sagte Hamilton Burger. »Zuerst erklärten Sie, daß Sie Ralph Woodley am Bildschirm gesehen hätten.«
»Das dachte ich ja auch, und dann ist es mir plötzlich eingefallen . . .«
»Es ist Ihnen plötzlich eingefallen«, unterbrach Hamilton Burger den Zeugen, »daß eine Sendung um einundzwanzig und die andere um zweiundzwanzig Uhr läuft. Sie sagten, daß Sie sich Woodley angesehen haben. Er bringt die Zehnuhrnachrichten, nicht wahr?«
»Ja, Sir.«
»Als ich Sie nach der Sendung fragte, die Sie sich angesehen haben, rutschte Ihnen, bevor Sie überlegen konnten, der Name Woodley heraus.«
»Man wird sich doch noch mal versprechen dürfen«, entgegnete der Zeuge beleidigt.
»Aber als ich Sie danach fragte, antworteten Sie, ehe Sie nachdenken konnten, daß Sie Woodley gehört hätten.«

»Ja«
»Dann ist es also möglich, daß der Schuß um zehn Uhr fiel.«
»Nein, Sir, ich habe ihn um neun Uhr gehört, kurz bevor ich hineinging, um mir die letzten dreizehn Minuten der Neunuhrnachrichten anzusehen.«
Hamilton Burger wurde plötzlich die Leutseligkeit selber. »Mr. Holbrook, ich möchte nicht unfair sein. Hören Sie bitte genau zu. Wenn ich Ihnen jetzt versichere, daß zwei gutbeleumundete Bürger, die noch näher am Abschlag Nummer sieben wohnen als Sie, bereit sind, zu beschwören, sie hätten kurz nach zehn während der Woodley-Sendung einen Schuß gehört beziehungsweise ein Geräusch, das wie ein Schuß klang, und aus der Richtung des Abschlags Nummer sieben kam — was dann? Würde dieses Zeugnis Ihr Erinnerungsvermögen beeinflussen, und würden Sie dann Ihre Aussage dahingehend abändern, daß Sie das Geräusch, das Sie für einen Schuß hielten, um zehn und nicht um neun Uhr gehört haben?«
George Holbrook war einen Moment völlig aus dem Konzept gebracht. Dann schüttelte er langsam den Kopf. »Ich habe angenommen, daß es neun Uhr war.«
»Ich weiß«, entgegnete Hamilton Burger nachsichtig. »Aber Sie können sich ja getäuscht haben. An diesem Abend gab es bei Ihnen viel Aufregung. Haben Sie Ihre Schwägerin vom Flughafen abgeholt?«
»Ja, Sir.«
»Und warum haben Sie den Vorfall am nächsten Morgen nicht der Polizei gemeldet, als Sie von dem Mord in der Zeitung lasen?«
»Ich habe keine Zeitung gelesen«, antwortete Holbrook. »Wir sind nämlich am nächsten Morgen in aller Herrgottsfrühe weggefahren.«
»Soso«, sagte Hamilton Burger. »Und wie lange waren Sie unterwegs, Mr. Holbrook?«
»Drei Wochen.«
»Und während der ganzen Zeit hatten Sie keine Ahnung von dem Mord?«
»Ich wußte von einem Mord, aber nicht, daß er in unserer allernächsten Nähe passiert ist, sozusagen direkt vor der Haustür.«
»Also ist Ihnen erst drei Wochen später klargeworden, wie wichtig das Geräusch war, das Sie gehört hatten?«

»Ja, Sir – eine ganze Zeit später.«
»Und dann erst haben Sie versucht, das genaue Datum zu rekonstruieren?«
»Ja, Sir.«
»Auch die genaue Zeit?«
»Ja, Sir.«
»Nach drei Wochen?«
»Ja, Sir.«
»Nach drei vollen Wochen?«
»Ja, Sir.«
»Es könnte also während der Woodley-Sendung gewesen sein, wie Sie ja auch auf meine erste Frage erklärten?«
»Ja, ich habe gedacht, daß es ... Nein, nein, einen Augenblick! Woodleys Sendung kommt erst um zehn, und der Schuß fiel um neun Uhr.«
Hamilton Burger lächelte. »Falls nun die anderen Zeugen beschwören, daß sie das Geräusch erst gehört haben, als Woodley die Nachrichten sprach, würden Sie dann Ihre Aussage ein zweites Mal ändern und wieder behaupten, daß es während der Woodley-Sendung war?«
»Ich ... ich habe eben gedacht, daß es um neun Uhr war.«
»Das haben Sie gedacht«, Hamilton Burger wurde plötzlich unnachgiebig, beugte sich vor und fixierte den Zeugen mit strengem Blick. »Aber Sie können das nicht beschwören, oder?«
George Holbrook dachte eine Weile nach. »Nein, beschwören kann ich es nicht.«
»Vielen Dank«, entgegnete Hamilton Burger. »Das ist alles.«
Der District Attorney drehte dem Zeugen den Rücken und sah die Geschworenen siegesbewußt lächelnd an. Dann wurde er wieder ernst.
»Sehr gut«, sagte er. »Das ist alles.«
»Das Gericht vertagt sich bis morgen früh um zehn Uhr«, erklärte Richter Alvarado.
Während die Zuschauer hinausströmten, wandte sich Dutton an Mason: »Wie habe ich meine Sache gemacht?«
Mason, der seine Akten einpaßte, erwiderte: »Genauso, wie ich es erwartet habe.«
»Das klingt nicht gerade begeistert.«
Mason schüttelte den Kopf. »Versuchen Sie zu schlafen und nicht an den Prozeß zu denken. Geschworene sind immer unberechenbar.«

Der Anwalt nickte dem Gerichtsdiener und dem Polizeibeamten zu, die auf Dutton zukamen, um ihn abzuführen, bedachte Della Street mit einem aufmunternden Lächeln und verließ den Gerichtssaal. Seine Haltung war zuversichtlich – trotz des unangenehmen Drucks in der Magengegend.

## 20

Später, in Masons Büro, war alle Zuversicht geschwunden.

»Nun?« fragte Della Street.

»Holen Sie Paul Drake«, bat Mason. »Wir müssen irgend etwas unternehmen, sonst wird unser Klient wegen vorsätzlichen Mordes verurteilt.«

»Was können Sie tun?«

»Keine Ahnung«, sagte Mason. »Etwas muß geschehen. Wir müssen uns etwas ausdenken.«

»Glauben Sie, daß es so schlecht steht?«

»Ja. Die Tatsache, daß Dutton die Aktien der Steer Ridge Oil & Refining Company verkauft und die Erbin absichtlich in dem Glauben gelassen hat, das Vermögen ihres Vaters sei aufgebraucht, liegt den Geschworenen schwer im Magen.«

»Paul Drake kommt sofort«, sagte Della Street.

Kurz darauf ertönte das Klopfzeichen Drakes an der Tür, und Della Street ließ ihn herein.

Drake zog fragend die Augenbrauen in die Höhe. Della schüttelte den Kopf.

Mason wanderte gedankenverloren im Büro auf und ab.

Drake ließ sich in den dickgepolsterten Ledersessel fallen.

»Wir müssen ein Kaninchen aus dem Zylinder zaubern, Paul«, erklärte Mason.

Drake nickte.

»Irgend etwas Dramatisches. Etwas, das die entscheidende Wendung herbeiführt.«

»Wie sieht's denn aus?« fragte Drake.

»Schlecht«, entgegnete Mason, ohne Paul Drake anzusehen. »Hamilton Burger hat es fertiggebracht, jeden Funken von Mitgefühl für den Angeklagten bei den Geschworenen zu zerstören. Er hat den einzigen Zeugen, der durch seine Aussage berechtigten Zweifel hätte hervorrufen können total verwirrt.«

»Es ist dir doch so oft gelungen, ihm ein Schnippchen zu schlagen«, meinte Paul Drake. »Meiner Meinung nach bist du diesmal zu pessimistisch.«
Mason schüttelte den Kopf. »Gewöhnlich hat Hamilton Burger nicht einmal Gelegenheit, seine Beweisaufnahme zu Ende zu bringen. Ich nehme seine Zeugen ins Kreuzverhör und decke einen Punkt auf, der das Gebäude der Anklage einstürzen läßt. Hamilton Burger ist meistens bereits erledigt, bevor es überhaupt richtig losgeht.
Diesmal war ich gezwungen, Zeugen der Verteidigung aufzurufen, die Burger ins Kreuzverhör nehmen konnte. Die Rollen waren vertauscht. Er hat meine Zeugen in Stücke gerissen.«
»Glaubst du, er hat wirklich zwei Zeugen, die beschwören können, daß sie den Schuß um zehn Uhr gehört haben?«
»Das muß stimmen«, entgegnete Mason. »Natürlich werde ich sie ins Kreuzverhör nehmen, aber da ist irgendwas faul.«
»Wenn diese Zeugen so sicher sind, wie Hamilton Burger tut, dann hätte er sie bereits während der Beweisaufnahme aufgerufen. Daß er das nicht getan hat, läßt darauf schließen, daß er nur auf sie zurückgreifen wollte, wenn es unbedingt sein mußte.«
»Hältst du es für möglich, daß er jetzt, nachdem er deinen Zeugen durcheinandergebracht hat, die ganze Frage auf sich beruhen läßt?«
»Das werde ich nicht dulden«, erklärte Mason. »Ich bestehe darauf, daß die beiden Zeugen aufgerufen werden, und dann nehme ich sie ins Kreuzverhör. Vielleicht kommt etwas dabei heraus, vielleicht aber auch nicht. Keine Ahnung. Ich weiß nur, daß dem Angeklagten nach dem derzeitigen Stand der Dinge die Gaskammer oder lebenslänglich Zuchthaus droht.«
»Irgendwelche Vorschläge?« fragte Drake.
»Ich denke gerade über etwas nach.«
»Worüber?«
»Paul, du mußt dein möglichstes tun«, sagte Mason. »Ich brauche das modernste, beste Metallsuchgerät, das es gibt.«
»Du meinst ein Minensuchgerät?«
»Ja, so was Ähnliches«, antwortete Mason.
»Und was fangen wir damit an?«
»Wir fahren zum Barclay Country Club hinaus und suchen das Gelände um den siebenten Abschlag ab.«
»Wonach?«

»Nach einer ausgeworfenen Patronenhülse.«
»Sei doch nicht kindisch, Perry!« rief Drake. »Der Mord wurde mit einem Revolver begangen. Ein Revolver wirft keine Patronenhülse aus.«
»Aber ein Mensch, der mit einem Revolver schießt, hätte das bewerkstelligen können«, erklärte Mason.
»Worauf willst du hinaus?«
»Falls der Mord um neun Uhr begangen wurde, könnte der Täter Dutton um zehn Uhr an den siebenten Abschlag bestellt und in dem Moment einen Schuß abgegeben haben, als er Duttons Wagen vor dem Clubhaus auftauchen sah. Dann hätte er den Revolver neben die Leiche werfen und sich durch das tiefere Gelände davonschleichen können, wo sich seine Silhouette nicht vom Himmel abhob. Es ist durchaus möglich, daß Dutton in eine Falle gelockt wurde.«
»Und?«
»Und deshalb fahren wir zum Golfplatz und kämmen das Gelände mit einem Minensuchgerät durch.«
»Und das genau in der Hauptspielzeit?« fragte Drake. »Der Prozeß wird morgen früh um zehn Uhr fortgesetzt, und wenn wir jetzt auf den Golfplatz hinausfahren, wimmelt es dort von Ärzten und Zahnärzten, Bankiers und Geschäftsleuten.«
Mason nickte.
»Du kannst dich darauf verlassen, daß man uns rausschmeißt«, erklärte Drake.
»Na und?«
Drake sah ihn an und grinste. »Du willst also mit Absicht die Aufmerksamkeit auf dich ziehen?«
»Warum nicht?«
»Damit beweist du gar nichts.«
»Ich nicht«, entgegnete Mason. »Aber die Tatsache, daß wir dort draußen nach einer Patronenhülse suchen, beweist, daß wir der Zeugenaussage Holbrooks große Wichtigkeit beimessen.«
Drake überlegte kurz. »Wahrscheinlich hättest du gar nichts dagegen, wenn die Presse davon erfährt?«
»Ganz im Gegenteil.«
»Aber die Geschworenen sind darüber belehrt worden, daß sie keine Zeitungen lesen dürfen.«
Mason sah Drake an, grinste vielsagend und wandte sich an Della Street. »Gehen Sie in das exklusivste, teuerste Sportge-

schäft der Stadt und kaufen Sie sich einen Golfanzug, bei dem den Männern die Augen übergehen. Geld spielt keine Rolle. Sie müssen aussehen wie der verkörperte Wunschtraum eines Titelbildes.«
Della Street sprang auf. »Das lasse ich mir nicht zweimal sagen.«

## 21

Die Golfspieler sahen an diesem Nachmittag Perry Mason, Paul Drake, Della Street und einem von Drakes Detektiven nach, die auf den siebenten Abschlag zugingen.
Mason lächelte den Spielern, die dort warteten, entwaffnend zu. »Lassen Sie sich nicht stören«, sagte er. »Wir warten, bis Sie den Ball abgespielt haben.«
»Bis wir abgespielt haben?«
Mason lächelte und nickte Drakes Detektiv zu, der das Suchgerät trug.
»Was ist denn das?« fragte jemand.
»Sie haben doch sicher von dem Mord gehört, der hier begangen wurde«, erklärte Mason. »Wir suchen nach Beweismaterial.«
»Wie meinen Sie das?«
»Wir halten es durchaus für möglich, daß hier ... Ach, es ist vielleicht unklug, das vorher zu verraten. Möglicherweise liegt hier etwas, das entscheidenden Einfluß auf den Prozeß haben könnte.«
Die Golfspieler drängten sich um den Anwalt.
»Sie sind doch Perry Mason«, sagte einer, »der berühmte Anwalt.«
Mason machte eine leichte Verbeugung und lächelte. »Paul Drake, mein Privatdetektiv«, stellte er vor, »einer seiner Mitarbeiter und – die allerwichtigste – Miss Street, meine Privatsekretärin.«
Della Street, in einem kurzen, sehr schicken Golfrock, schenkte den Männern ihr reizendstes Lächeln.
Weitere Spieler erschienen.
Mason sagte zu dem Detektiv: »Machen wir uns an die Arbeit.«

Der Mann setzte die Kopfhörer auf und bewegte sich langsam durch das höhere Gras neben dem Abschlag.
Binnen kurzem hatten sich fünfzig Zuschauer versammelt. Der Geschäftsführer kam angelaufen, um zu sehen, was eigentlich los war. Zuerst runzelte er die Stirn. Doch das Interesse der Golfspieler besänftigte ihn, und nach ein paar Minuten eilte er zum Clubhaus zurück.
»Sein Sinn für Reklame ist plötzlich erwacht«, flüsterte Drake dem Anwalt zu. »Er verständigt die Presse.«
»Das ist seine Sache«, gab Mason genauso leise zurück. »Wir haben ihn jedenfalls bestimmt nicht auf die Idee gebracht.«
»Leider ist er eine halbe Stunde zu spät dran.«
Mason sah den Privatdetektiv erstaunt an. »Wo bleibt denn dein Berufsethos, Paul?«
»Danke für die Nachfrage. Falls mein Mann etwas findet, müßten wir die Polizei davon unterrichten. Aber es steht nirgends geschrieben, daß ich der Presse nicht sagen darf, wo ich etwas suche.«
»Als Anwalt dürfte ich sowieso nicht zum Mittel der Publizität greifen. Das wäre gegen die Standesehre.«
Drake grinste. »Ich weiß schon, warum du mich unbedingt dabeihaben wolltest.«
Drakes Detektiv suchte methodisch die Rasenfläche ab und rief plötzlich: »Hier ist was!«
»Dann wollen wir einmal nachsehen«, sagte Mason.
Drake kniete hin und tastete mit den Fingerspitzen den Boden ab. »Ich hab's«, erklärte er, stand auf und hielt Mason eine leere Patronenhülse hin.
»Markiere die Stelle genau, Paul«, sagte Mason triumphierend.
Drake zog einen kleinen Absteckpfahl aus dem Gürtel und rammte ihn in den Boden. An der Spitze befestigte er ein rotes Band.
»Die Kamera, bitte«, sagte Mason.
Della Street reichte sie ihm.
Der Anwalt fotografierte die markierte Stelle von allen Seiten. Anschließend legte er die Patronenhülse vorsichtig in ein Taschentuch, und Paul Drake markierte sie durch einen Kratzer. Mason betrachtete sie mit der Lupe.
Die Golfspieler drängten immer näher heran und beobachteten jede Bewegung.
»Was hat das alles zu bedeuten?« fragte einer.

»Es bedeutet«, antwortete Mason, »daß wir jetzt die Bestätigung haben ... Ich sollte das wohl nicht hier erörtern.« Sein Lächeln war geradezu engelhaft unschuldig. »Ich möchte mir nicht vorwerfen lassen, ich hätte die öffentliche Meinung beeinflußt«, erklärte er. »Sie können morgen viel mehr darüber in der Zeitung lesen, als ich Ihnen jetzt sagen kann.«

Drake stieß Mason an. »Komm, wir müssen uns irgendwo ungestört unterhalten.«

Mason nickte und lächelte den Golfern freundlich zu. »Entschuldigen Sie uns einen Augenblick.«

»Nun?« fragte Mason nach ein paar Schritten.

»Ich kann dir keine Vorschriften machen, wie du einen Prozeß zu führen hast. Aber die Geschichte hier wird eine Menge Staub aufwirbeln.«

»Na und?«

»Der Schuß geht nach hinten los«, erklärte Drake. »Wenn wir eine Patronenhülse gefunden hätten, die aus einem Revolver herausgenommen und weggeworfen wurde, wäre das ein Beweis. Aber hier handelt es sich um eine Hülse, die von einer Selbstladepistole ausgeworfen wurde. Einer 32er Pistole. Und die Mordwaffe ist ein kurzläufiger 38er Smith-and-Wesson-Revolver.«

»Na und?«

»Damit kann die Patronenhülse kein Beweisstück sein«, erklärte Drake. »Egal, wie du's drehst.«

»Was soll das heißen? Schließlich hat sie am Tatort gelegen.«

»Aber es gab doch keine zwei Waffen.«

»Woher willst du das so genau wissen?«

»Natürlich kann ich es nicht wissen, aber alles spricht dagegen.«

»Überlaß die Vermutungen dem District Attorney«, sagte Mason. »Wir beide haben eben ein sehr wichtiges Beweisstück gefunden.«

»Natürlich könntest du die Patronenhülse in deine Theorie einbauen«, sagte Drake. »Aber um die Geschworenen und das Gericht davon zu überzeugen, daß es mit diesem Beweisstück überhaupt etwas auf sich hat, mußt du ein wahres Wunder an Überredungskunst vollbringen.«

»Immerhin sollte ein Anwalt auf diesem Gebiet Fachmann sein. Komm, vollenden wir die Suche.«

»Was heißt hier vollenden?«

»Wir wollen sie doch nicht einfach abblasen, bevor sie abgeschlossen ist.«
»Was willst du denn noch alles suchen?«
»Eine ganze Menge. Wir wollen uns vergewissern, daß es hier nichts weiter gibt.«
»Aha, jetzt habe ich kapiert«, erklärte Drake erschöpft. »Du willst noch so lange rumtrödeln, bis die Presseleute da sind und anfangen, nachzuschnüffeln, was wir hier treiben.«
Mason machte große Augen. »Aber Paul, wie kannst du so etwas sagen. Wir tun nichts dergleichen, sondern vollenden lediglich unsere Suche.«
»Hör mal zu, Perry«, sagte Drake unvermittelt. »Hast du etwa die Patronenhülse fallen lassen, damit mein Mann sie finden konnte?«
»Natürlich nicht.«
»Oder Della?«
»Da mußt du sie schon selber fragen.«
»Der District Attorney wird behaupten, daß du die Patronenhülse vor oder während der Suche hingeschmuggelt hast.«
»Kann er es beweisen?« fragte Mason.
»Hoffentlich nicht!«
»Eben«, sagte Mason. »Los, Paul, gehen wir wieder an die Arbeit.«
Mason sagte zu Paul Drakes Detektiv: »Ich glaube, daß wir das Gesuchte gefunden haben. Wir wollen uns aber vergewissern, daß sonst nichts mehr hier herumliegt.«
Schritt für Schritt gingen sie über den Golfplatz. Plötzlich packte Drake den Anwalt am Arm.
Perry Mason sah hoch. Ein Reporter und ein Fotograf kamen auf sie zugeeilt.
»Suchen Sie weiter«, bat Mason den Detektiv. »Ich glaube allerdings, daß wir alles durchgekämmt und das, was wir suchten, gefunden haben dürften.«
Der Zeitungsreporter drängte sich durch die Zuschauer. »Was ist hier los, Mr. Mason?«
Mason runzelte die Stirn und tat, als empfände er die Unterbrechung als sehr störend. »Wir suchen nach Beweismaterial«, sagte er kurz angebunden.
»Was für Beweismaterial?«
Mason dachte nach. »Sie sehen ja selber«, antwortete er schließlich unwirsch, »nach einem Gegenstand aus Metall.«

»Sie haben bereits eine leere Patronenhülse gefunden«, sagte jemand aus der Menge.
»Eine leere Patronenhülse?« wiederholte der Reporter.
Mason nickte.
»Könnten wir sie mal sehen?«
Mason zeigte das Taschentuch heraus, öffnete es vorsichtig und zeigte dem Reporter die Patronenhülse. »Nicht anfassen«, warnte er. »Ich bezweifle zwar, daß Fingerabdrücke darauf zu finden sind, aber wir wollen keinesfalls irgendwelche Spuren verwischen.«
Der Reporter begann eifrig zu kritzeln.
Der Fotograf machte zwei Nahaufnahmen von der Hülse, trat einige Schritte zurück und fotografierte die Zuschauer, Della Street natürlich im Vordergrund.
Mason faltete das Taschentuch behutsam wieder zusammen und steckte es ein. »Ich denke, daß wir die Suche abschließen können. Wir dürften alles gefunden haben, was wir wollten.« Er blickte in die Runde. »Wir haben in der Tat genau das gefunden, was wir hier vermutet haben.«
»Wie kamen Sie auf den Gedanken, die Patronenhülse könnte hier sein, Mr. Mason?« fragte der Reporter.
Mason tat so, als denke er über diese Frage eingehend nach. »Es wurden«, antwortete er schließlich, »zwei Schüsse abgegeben. Einer um einundzwanzig Uhr, der zweite etwa eine Stunde später. Zwei Schüsse bedeuten zwei Patronenhülsen. In der von der Polizei als solche deklarierten Mordwaffe wurde nur eine leere Hülse gefunden.«
»Aber das war doch ein Revolver«, meinte der Reporter. »Und diese Patronenhülse hier wurde von einer Pistole ausgeworfen.«
»Genau«, entgegnete Mason mit einem geheimnisvollen Lächeln. »Ich glaube, ich sollte Ihnen zu diesem Zeitpunkt besser kein Interview geben.« Er wandte sich an Della Street und Paul Drake. »Kommt, gehen wir.«

Richter Alvarado eröffnete die Sitzung und wandte sich nach den einleitenden Worten an Mason: »Rufen Sie Ihren nächsten Zeugen auf.«
»Mr. Paul Drake, bitte.«
Drake wurde vereidigt und nahm im Zeugenstand Platz.
»Ihr Beruf?«
»Privatdetektiv.«
»Kennen Sie den Barclay Country Club?«
»Ja.«
»Kennnen Sie auch die Umgebung des siebenten Abschlags?«
»Ja, Sir.«
»Wann waren Sie zum letztenmal dort?«
»Gestern nachmittag zwischen drei und vier.«
»Was machten Sie um diese Zeit auf dem Golfplatz?«
»Ich nahm an einer Suche teil, die in unmittelbarer Nähe des siebenten Abschlags stattfand.«
»Bedienten Sie sich dabei irgendwelcher technischer Mittel?«
»Wir hatten ein Suchgerät.«
»Haben Sie etwas gefunden?«
»Ja, Sir.«
»Was?«
»Eine 32er Patronenhülse.«
»Was haben Sie damit gemacht?«
»Sie haben sie an sich genommen, Mr. Mason.«
Mason ging näher auf den Zeugen zu. »Haben Sie die Patronenhülse markiert?«
»Ja, Sir, ich habe mit dem Taschenmesser einen kleinen Kratzer angebracht.«
»Ich zeige Ihnen hier eine leere Patronenhülse und frage Sie, ob sie mit der gefundenen identisch ist.«
»Ja, Sir, es ist die Hülse, die wir gestern gefunden haben.«
»Euer Gnaden, ich bitte, diese Patronenhülse als Beweisstück Nummer eins der Verteidigung zuzulassen«, wandte sich Mason an den Richter.
Hamilton Burger stand bereits. Er lächelte den Richter an. »Ich denke doch, Euer Gnaden, daß ich das Recht habe, diesen Zeugen auf seine Eidesfähigkeit hin zu befragen.«
»Selbstverständlich«, antwortete Richter Alvarado. »Beginnen Sie.«

»Sie geben an, Privatdetektiv zu sein, Mr. Drake?« fragte Hamilton Burger.

»Ja, Sir.«

»Sie arbeiten sehr viel für Mr. Perry Mason?«

»Ja, Sir.«

»Beziehen Sie Ihr Gesamteinkommen aus der Arbeit für Mr. Mason?«

»Nein, Sir, nicht das Gesamteinkommen.«

»Aber einen wesentlichen Teil?«

»Ja, Sir.«

»Neunzig Prozent?«

»Nein, ich würde sagen ungefähr fünfundsiebzig Prozent.«

»Aha. Und wie hoch sind Ihre üblichen Sätze?«

»Fünfzig Dollar pro Tag, zuzüglich Spesen.«

»Das ist errechnet für einen Achtstundentag?«

»Theoretisch, ja.«

»Also etwas über sechs Dollar die Stunde«, erklärte Hamilton Burger. »Mehr als zehn Cent pro Minute. Ich nehme an, daß Sie ein guter Geschäftsmann und als solcher bemüht sind, Mr. Mason den Gegenwert für sein Geld zu bieten?«

»Ja, Sir, wir versuchen, unsere Klienten zufriedenzustellen.«

»Und das herauszufinden, was sie wünschen?«

»Wenn möglich, ja.«

»Wußten Sie, als Sie zum Barclay Country Club hinausfuhren, daß Sie nach einer leeren Patronenhülse suchen sollten?«

»So hatte ich es verstanden.«

»Und der Patronenhülse, die Sie gefunden zu haben behaupten, ist nicht anzusehen, wann sie abgeschossen wurde?«

»Nein, Sir.«

»Sie enthält auch keinen Beweis darauf, wann sie auf den Boden geworfen wurde?«

»Nein, Sir.«

»Sie könnte also auch vor einem Jahr auf den Boden geworfen worden sein?«

»Ich nehme es an.«

»Oder auch erst wenige Sekunden, bevor Sie sie zufällig fanden?«

»Weder die Patronenhülse noch der Fundort geben Aufschluß darüber, wie lange sie dort lag.«

»Es wäre also denkbar, daß es sich nur um wenige Sekunden handelte?«

»Ich denke, sie könnte zu jedem Zeitpunkt vor Beginn unserer Suche weggeworfen worden sein.«
»Oder auch während der Suche?« fragte Burger hinterhältig.
»Nein, das glaube ich nicht.«
»Das glauben Sie nicht. Können Sie es beschwören?«
»Ich habe genau beobachtet.«
»Haben Sie jeden Teilnehmer der Suchaktion ständig beobachtet? Und sämtliche Schaulustige auch?«
»Jeden zu beobachten war technisch unmöglich.«
»Also könnte jeder in einem Moment, in dem Sie ihm den Rücken drehten, die leere Patronenhülse ins Gras geworfen haben?«
»Ja.«
»Diese Patronenhülse hat keinen kommerziellen Wert?«
»Nein.«
»Aber Ihre Beziehung zu Mr. Mason ist von großem Wert. Mit anderen Worten, seine Aufträge bedeuten für Sie viele tausend Dollar im Jahr. Stimmt das?«
»Es war bisher der Fall.«
»Und Sie hoffen, daß es auch in Zukunft so sein wird?«
»Ja, Sir.«
»Solange Sie zufriedenstellend für ihn arbeiten?«
»Ja, Sir.«
»Solange es Ihnen gelingt, die von Mr. Mason gewünschten Dinge auch tatsächlich zu finden.«
»Ich versuche lediglich, mein Bestes zu tun«, erklärte Drake.
»Das ist alles«, sagte Hamilton Burger und ging zu seinem Platz zurück. Die Art, wie er Drake den Rücken kehrte, sprach beredt für seine Geringschätzung.
Mason beobachtete ihn. »Der Kerl ist ein Meister der Gerichtssaalstrategie«, flüsterte er Della Street zu.
»Ist Ihre Befragung des Zeugen damit abgeschlossen?« fragte Richter Alvarado den District Attorney.
»Ja, Sir.«
»Auf Antrag der Verteidigung soll die Patronenhülse als Beweisstück zugelassen werden. Haben Sie irgendwelche Einwände?«
»Aber ganz gewiß, Euer Gnaden«, antwortete Hamilton Burger. »Ich erhebe Einspruch, und zwar mit der Begründung, daß die Frage unsachlich, unerheblich und unwesentlich ist. Es ist technisch unmöglich, daß die Patronenhülse aus der Mordwaffe

stammt. Daher hat sie für sich allein keinerlei Bedeutung. Von Bedeutung könnte lediglich der Fundort sein oder der Zeitpunkt, an dem sie gefunden wurde. Der Zeuge, der sich rein zufällig an dieser vom glücklichen Zufall so überaus begünstigten Suche beteiligt hat, sagte eben aus, daß sich unmöglich feststellen ließe, wann die Patronenhülse weggeworfen wurde.«

»Trotzdem«, erklärte Richter Alvarado, »scheint mir, daß sich Ihre Argumentation mehr auf die Bedeutung dieses Gegenstandes als auf seine Zuverlässigkeit als Beweismaterial bezieht. Das Gericht läßt das Beweismaterial zu.«

»Unter diesen Umständen«, entgegnete Hamilton Burger, »beantrage ich, daß sich das Gericht bis morgen vormittag vertagt. Es ist mir völlig klar, daß diese Angelegenheit prompt erledigt werden sollte, ich möchte jedoch mehr über diese so überaus zufällige Entdeckung in Erfahrung bringen.«

Richter Alvarado runzelte die Stirn und schüttelte den Kopf.

Doch Mason erwiderte sofort: »Kein Einwand. Wenn die Anklage auf diesem Aufschub besteht, ist die Verteidigung damit einverstanden.«

»In diesem Falle wird dem Antrag stattgegeben.«

Paul Drake kam mit wütender Miene zu Perry Mason herüber und funkelte den District Attorney drohend an.

Hamilton Burger wich seinem Blick aus.

»Mach dir nichts draus«, riet Mason.

»Eines Tages haue ich dem Kerl eine in die Schnauze.«

»Er tut nur seine Pflicht.«

»Die Art gefällt mir nicht.«

»Mir auch nicht. Aber ihm gefällt an meiner Art Prozeßführung auch einiges nicht.«

»Wenn er nur eine Sekunde zu mir hersieht«, drohte Drake, »dann wünsche ich ihm im gleichen sarkastischen Ton guten Abend, wie er vorhin gesagt hat: ›Das ist alles.‹«

Mason stand auf, nahm Drake beim Arm und drehte ihn um die eigene Achse. »Nichts tust du«, sagte er. »Diese Art von Publicity können wir uns nicht leisten, so wie jetzt die Dinge stehen.«

»Glaubst du, daß die Geschworenen wirklich keine Zeitung lesen?« fragte Drake.

Mason lächelte. »Mach keine Witze, Paul«, sagte er, ergriff seine Aktenmappe und verließ den Gerichtssaal.

## 23

Im Büro reichte Della Street dem Anwalt die Zeitungen. »Sie sind ausgesprochen fotogen.«
»Donnerwetter! Und Sie erst!« rief Mason. »Ihnen die Aufmachung zu kaufen, war wirklich eine Glanzidee von mir. Ohne diese weibliche Note wäre das Bild vielleicht gar nicht veröffentlicht worden.«
»Was heißt hier weibliche Note?«
»Ich meine natürlich Ihre weiblichen Reize«, verbesserte sich Mason.
Della Street grinste.
Mason las den Artikel.
»Kein Wunder, daß Hamilton Burger wütend gewesen ist«, sagte er. »Das ist natürlich ein Knüller!«
Mason überflog die Zeitung und wollte sie gerade weglegen, als eine Schlagzeile seine Aufmerksamkeit erregte.
»Der verstorbene Rodger Palmer scheint posthum rehabilitiert zu sein.«
»Wie denn das?«
»Wieder so ein mysteriöser Nylonstrumpfmord in einem billigen Hotel. Erinnern Sie sich an Fultons Bericht, daß Palmer einmal von der Polizei verdächtigt wurde. Er wohnte in einem zwielichtigen Hotel, in dem der erste Nylonstrumpfmord begangen wurde, und war zur Tatzeit anwesend.«
»Peinlich«, meinte Della Street.
Perry Mason nickte. »Kann man wohl sagen. Ich wäre der Sache nachgegangen, wenn Palmer noch gelebt hätte, als wir unsere Nachforschungen begannen. Holen Sie mir bitte den Bericht heraus, Della. Ich möchte ihn noch einmal durchlesen.«
Della Street ging zum Aktenschrank und brachte ihm das Gewünschte.
Mason blätterte die maschinegeschriebenen Seiten durch. »Dieser Palmer war anscheinend ein richtiger Einsiedler«, erklärte er. »Junggeselle, nur Interesse für die Ölbranche, und dann ging's rapid bergab. Vielleicht war er ein Erpresser. Er wußte über die Steer Ridge Oil & Refining Company etwas, das für jemand bares Geld wert war, wenigstens nahm er das an. Er sammelte Stimmvollmachten . . . und er mußte über Fred Hedley etwas Belastendes erfahren haben — wahrscheinlich eine frühere Ehe, die nie geschieden worden war.«

Mason las den Bericht noch einmal von Anfang an.
Plötzlich setzte er sich kerzengerade auf, wollte etwas sagen, überlegte es sich anders, sah Della Street nachdenklich an und wandte sich wieder seiner Lektüre zu.
»Nun?« fragte sie.
»Ich weiß nicht recht.« Er stand auf und begann im Büro auf und ab zu wandern. Della Street, die mit seinen Gewohnheiten vertraut war, rührte sich nicht, um ihn in seinen Gedanken nicht zu stören. Später, wenn Perry Mason die Situation geklärt hatte, konnte sie ihm Fragen stellen; damit hatte er Gelegenheit, das Ergebnis seines Denkprozesses scharf zu formulieren. Aber im Moment mußte er sich hundertprozentig konzentrieren.
Plötzlich blieb Mason stehen.
»Della«, sagte er. »In die Abendausgabe der großen Zeitungen muß eine Annonce.«
Della Street wollte etwas sagen, aber Perry Mason ließ sie nicht zu Wort kommen. »Ich weiß, daß das so gut wie unmöglich ist«, erklärte er. »Der Inseratenteil wird ja immer schon im voraus umbrochen. Meine Anzeige muß eben anderswo eingerückt werden. Reden Sie mit den Leuten, und sagen Sie ihnen, daß es sehr wichtig ist. Geld spielt keine Rolle.«
»Und der Text?« fragte sie.
Als Überschrift großes P, großes M. Darunter: Der Gegenstand, der für den Rasen auf dem Golfplatz zu heiß war, ist jetzt wertvoller denn je. Rufen Sie Punkt einundzwanzig Uhr diese Nummer an und befolgen Sie die Anweisungen.«
»Und die Nummer?« fragte Della Street.
»Fahren Sie nach Hollywood, suchen Sie nach einer Tankstelle mit öffentlicher Telefonzelle und setzen Sie deren Nummer ein. Sie müssen sich beeilen. Wir brauchen die Mitarbeit der Presse. Sagen Sie, daß wir einen todsicheren Tip haben und bereit sind, ihnen die Story exklusiv zu geben, wenn sie die Annonce bringen und zu keinem Menschen darüber sprechen. Während Sie das erledigen, werde ich mit Paul Drake sprechen. Einer seiner verläßlichsten Leute wird um Punkt neun Uhr in der entsprechenden Telefonzelle stehen und als Lockvogel dienen, falls jemand auf die Anzeige anbeißt.«
»Und wenn niemand anbeißt?«
»Dann kann Hamilton Burger beweisen, daß Paul Drake weitere fünfzig Dollar verdient hat.«

Della Street tippte rasch den Text der Annonce und entschwand.
Mason bat Paul Drake zu sich.
»Paul«, begann er, »ich brauche einen Mann, der um Punkt neun in einer öffentlichen Telefonzelle wartet, bis jemand Kontakt mit ihm aufnimmt. Dann muß er den Anrufer an den einsamsten Ort bestellen, den er heute nachmittag ausfindig machen kann. Es muß eine waldige Gegend sein, nicht zu weit von einer Hauptstraße entfernt, und dunkel.«
»Mach mich nicht schwach, Perry«, entgegnete Drake. »Der einzige Ort, auf den das alles zutrifft, wäre ein Golfplatz. Und von Golfplätzen haben wir wohl genug.«
»Ein Golfplatz kommt nicht in Frage«, erklärte Mason. »Wie wäre es mit einem Schuttabladeplatz?«
»Und wenn niemand anruft?«
»Dann werden wir deinem Mann weitere Instruktionen geben. Halte dich ran, Paul. Die Sache kann entscheidend sein.«
»Hast du eine neue Spur?«
»Nein, einen Verdacht«, antwortete Mason.
Nachdem Drake gegangen war, ließ sich Mason mit dem Morddezernat verbinden. »Ich möchte Leutnant Tragg sprechen, Gertie.«
»Und wenn er nicht da ist?«
»Dann darf nicht einmal jemand erfahren, wer angerufen hat.«

## 24

Perry Mason, Leutnant Tragg, Della Street, Paul Drake und einer von Drakes Detektiven kauerten im Schatten einer verkrüppelten Baumgruppe.
Der saure Geruch von Müll und Schutt lag in der Luft.
»Ein lieblicher Platz, den Sie sich da ausgesucht haben«, bemerkte Tragg.
»Das war bei den Voraussetzungen, die wir brauchen, die einzige Möglichkeit«, flüsterte Paul Drake.
»Um es noch einmal ganz deutlich zu machen: Dieses Unternehmen darf nicht publik werden«, sagte Tragg.
»Darauf können Sie sich verlassen«, antwortete Mason. »Wenn nicht Sie . . .«

»Ich werde mich hüten«, unterbrach Tragg den Anwalt. »Wenn der District Attorney herausbekommt, daß ich solchen Hirngespinsten nachjage, bin ich erledigt.«
»Ich habe die Karten offen auf den Tisch gelegt«, erklärte Mason.
»Schon, aber ich habe nie eine solche Anzahl von Jokern auf einem Haufen gesehen«, brummte Tragg.
Paul Drake griff nervös nach einer Zigarette, dann erinnerte er sich daran, daß nicht geraucht werden durfte.
In der Ferne schwirrten Insekten. Irgendwo quakten Frösche, dann wurde es wieder still.
»Und wenn ihn nun niemand anruft?« fragte Tragg.
»Um fünf Minuten nach neun ruft ihn einer von Drakes Leuten an«, sagte Mason. »Der Apparat klingelt, und der Mann nimmt den Hörer ab, als ob das völlig normal wäre.«
»Und dann?« fragte Tragg.
»Dann kommt er her.«
»Und wenn jemand anruft?«
»Dann wissen wir, daß wir auf der richtigen Spur sind.«
»Das ist eben das Pech mit euch Amateuren«, bemerkte Tragg. »Ihr kommt auf die verrücktesten Ideen. Ich wette zehn gegen eins, daß kein Mensch anruft.«
»Wir werden bald Bescheid wissen«, erklärte Mason, sah auf die Armbanduhr und zog die Antenne eines tragbaren Funkgeräts heraus.
»Hat Drakes Mann ein Funksprechgerät bei sich?« erkundigte sich Tragg.
»Nein«, antwortete Mason. »Nicht bei sich, aber im Wagen.«
Plötzlich knackte es in dem Gerät. Kurz darauf meldete sich eine quäkende Stimme. »Hören Sie mich?«
»Ja, sprechen Sie. Was ist los?«
»Ich bin unterwegs.«
»Ein Anruf?«
»Nur der verabredete.«
»Okay«, sagte Mason enttäuscht. »Jetzt kommt Plan zwei. Ende.«
Der Anwalt schob die Antenne zurück.
»Tja«, meinte er niedergeschlagen, »es sieht so aus, als ob Sie Ihre Wette gewinnen, Tragg.«
»Ich hätte hundert zu eins, ach was ... tausend zu eins wetten sollen!«

»Jetzt können wir nur noch hoffen, daß jemand Drakes Mann in der Telefonzelle beobachtet hat und ihm folgt.«
»Dagegen wette ich zehntausend zu eins«, meinte Tragg. »Ich erinnere Sie nochmals an Ihr Versprechen, Mason. Wenn Sie nicht dichthalten . . .«
»Sie haben mein Wort. Kommen Sie, verkriechen wir uns im Schatten der Straßenböschung. Drakes Mann soll aus dem Wagen steigen und genau fünfunddreißig Schritte auf den Schuttabladeplatz zugehen, stehenbleiben, einige Sekunden warten und dann im Schatten untertauchen und sich zu Boden werfen.«
»Okay«, sagte Tragg. »Wir haben uns so weit vorgewagt, daß wir jetzt wohl nach Plan zwei verfahren müssen.«
Sie krochen langsam in den tiefen Schatten der Straßenböschung.
»Wie lange braucht er bis hierher?« fragte Tragg.
»Nach der Stoppzeit von heute nachmittag zwölf Minuten«, antwortete Mason.
»Auf die zwölf Minuten soll es mir jetzt auch nicht mehr ankommen.«
Sie warteten, bis die Scheinwerfer auf der Straße auftauchten. Der Wagen bremste und blendete ab. Eine dunkle Gestalt sprang heraus, machte schnell fünfunddreißig Schritte, blieb einige Sekunden stehen, verschwand im Schatten und warf sich zu Boden.
»Und damit wäre die Vorstellung beendet«, meinte Tragg. »Jetzt können wir beruhigt Feierabend machen.«
»Einen Augenblick noch«, sagte Mason. »Wir müssen unserem Wild eine Chance geben.«
»*Ihrem* Wild!« wiederholte Leutnant Tragg zynisch.
»Pst!« zischte Mason. »Ich glaube, ich habe Motorengeräusch gehört.«
Schweigen.
»Du hast recht«, flüsterte Drake. »Ein Wagen mit abgeblendeten Scheinwerfern.«
Sie rührten sich nicht, während das Motorengeräusch immer deutlicher wurde. Plötzlich hielt der Wagen.
»Wenn das klappt, fresse ich einen Besen«, murmelte Tragg. »Und wenn's nicht klappt und alles herauskommt, bin ich blamiert bis auf die Knochen.«
»Ruhe!« zischte Mason.

Fünf Minuten vergingen. Tragg wollte gerade etwas sagen, als plötzlich eine Gestalt auftauchte, deren Silhouette sich deutlich gegen den Himmel abhob.
Mason schaltete seine starke Taschenlampe ein.
Die Gestalt hielt den Arm vor die Augen. Blauer Stahl blitzte auf, dann eine orangerote Flamme, und eine Kugel sauste an Masons Kopf vorbei.
Der Anwalt schaltete die Taschenlampe aus. »Los!« befahl er.
Sie rannten vorwärts.
Noch zweimal leuchtete die orangerote Flamme auf. Noch zweimal hörten sie eine Kugel sausen, und dann wurde alles still.
»Plan drei!« rief Mason. »Wir schießen nur, wenn es sich nicht vermeiden läßt, und wir machen uns nicht zur Zielscheibe.«
Sie blieben wie angewurzelt stehen. Das Warten dehnte sich zur Unendlichkeit. Ein Motor wurde angelassen, eine Sekunde später blendeten die Scheinwerfer auf. Hundert Meter entfernt versuchte der Wagen auf der schmalen Straße zu wenden, bremste, stieß zurück, streifte einen Baum und brauste davon.
Sie liefen zum Polizeiwagen, der im Gebüsch versteckt war. Hastig stiegen sie ein. Tragg gab Gas, schaltete das Blaulicht ein, ließ die Sirene aufheulen und gleichzeitig den Fahndungsbefehl verbreiten.
Der Fluchtwagen raste durch die Nacht. Die Schlußlichter glühten wie rote Rubine.
Tragg steuerte geschickt über die schlechte Straße und holte auf.
Plötzlich blendete der Wagen vor ihm ab. Tragg schaltete den Suchscheinwerfer ein. Das behinderte den Fahrer des Fluchtwagens. Er blendete wieder auf, hatte aber inzwischen an Vorsprung verloren.
Mit quietschenden Reifen bog der Fluchtwagen in die Hauptverkehrsstraße ein. Kurz darauf leuchteten die Bremslichter auf.
Ein Funkwagen blockierte die Straße. Zu beiden Seiten standen Polizeibeamte mit gezogenen Pistolen.
»Das wäre geschafft«, erklärte Tragg aufatmend.
»Hoffentlich war sie nicht geistesgegenwärtig genug, die Pistole wegzuwerfen«, sagte Mason.
Der Fluchtwagen schlingerte und hielt. Mrs. Hedley stieg mit haßverzerrtem Gesicht aus. Sie hob beide Hände hoch.

Tragg stoppte unmittelbar hinter ihr. Sie stiegen aus.
Mrs. Hedley starrte sie wütend an. Ihre Augen sprühten Gift. »Wenn ich Sie bloß umgelegt hätte«, fauchte sie Perry Mason an.
Tragg sauste an ihr vorbei und riß die Tür ihres Wagens auf. Die Pistole lag auf dem Sitz.
»Gehört diese Waffe Ihnen?«
»Reden Sie doch mit meinem Anwalt.«
»Sie brauchen ihr keine Fragen zu stellen«, erklärte Mason. »Legen Sie die Pistole einem Ballistiker vor, lassen Sie die leere Patronenhülse, die wir am siebenten Abschlag gefunden haben, prüfen, und Sie werden feststellen, daß die Patrone aus dieser Pistole stammt.«
Ein weiterer Wagen näherte sich und hielt. Drakes Detektiv stieg aus. »Meine Güte, da macht man was mit!«
Perry Mason grinste ihn an. »Wenn Sie im Zeugenstand stehen, sagen Sie Hamilton Burger, daß Sie das normale Honorar von fünfzig Dollar kassiert und dafür dreimal als Zielscheibe gedient haben – und das alles gehört zum täglichen Kram.«

## 25

Am nächsten Nachmittag saßen Paul Drake, Della Street und Kerry Dutton in Masons Büro.
»Würden Sie mir vielleicht erklären, wie Sie das geschafft haben«, sagte Kerry Dutton, von den Ereignissen der letzten vierundzwanzig Stunden noch immer benommen.
Mason grinste. »Es ist Leutnant Traggs Verdienst«, erklärte er, »nicht meines. Allerdings ist ihm gar nichts anderes übriggeblieben.«
»Die Zeitungen haben wahre Lobeshymnen auf Tragg gebracht«, bemerkte Dutton. »Man könnte meinen, daß er allein auf die Idee gekommen ist.«
»Ich muß es immer so hindrehen, daß die Kriminalpolizei die Lorbeeren einsteckt«, erklärte Perry Mason. »Das gehört zu den Spielregeln. Als sich Tragg auf die Sache einließ, wußte er ganz genau, daß er den Ruhm erntet, wenn der Plan gelingt, und daß ich ihn andernfalls heraushalte.«
»Aber wie sind Sie darauf gekommen?«

»Durch einfache Schlußfolgerungen«, sagte Mason. »So einfach, daß ich es fast übersehen hätte.

Palmer wurde kurz nach einundzwanzig Uhr umgebracht. Die Mörderin brauchte jemand, dem sie das Verbrechen in die Schuhe schieben konnte und hielt Sie für das geeignete Objekt. Sie lockte Sie an den Tatort, denn sie wußte, daß Palmer Sie erpreßt hatte. Kurz bevor Sie ankamen, gab sie einen Schuß ab, damit der Zeitpunkt, zu dem der Mord angeblich begangen wurde, eventuell durch eine Zeugenaussage bestätigt werden konnte.

Sie gingen natürlich prompt in die Falle, weil sie die Waffe, die Sie Desere Ellis geliehen hatten, neben die Leiche gelegt hatte. Es war für Mrs. Hedley ein leichtes gewesen, den Revolver aus Miss Ellis' Schlafzimmer zu entwenden.«

»Und warum das Ganze?« fragte Drake.

»Daran hätte keiner von uns gedacht. Palmer wohnte in dem Hotel, in dem der Nylonstrumpfmord begangen worden war. Die Polizei hatte ihn – wie alle anderen Gäste – verdächtigt, kam aber nicht auf die Idee, daß er Zeuge gewesen sein könnte. Jetzt wissen wir, daß er Hedley gesehen hatte und daß dieser die mysteriöse Person war, die sich unter falschem Namen eingetragen hatte, und dann verschwand. Die Beschreibung paßt genau auf ihn.«

»Und Mrs. Hedley wußte, was ihr Sohn getan hatte?«

»Hedley ist von Kind auf nicht ganz normal. Seine Mutter hat einen stark ausgeprägten Beschützerinstinkt, der sie dazu veranlaßte, nötigenfalls zu morden, um ihren Sohn zu schützen.

Palmer wußte, daß Hedley der Nylonstrumpfmörder war. Und da er dringend Geld für seinen Kampf um die Steer Ridge Oil & Refining Company brauchte, wollte er sein Wissen ausschlachten.

Er hat Mrs. Hedley erpreßt: entweder Geld oder Anzeige bei der Polizei.

Das ist immer ein gefährliches Spiel. Palmer wußte es, aber er war zu jedem Einsatz bereit. Er mußte das Risiko eingehen – und er hat das Spiel verloren.«

»Hedley selber hat ...«

»Nein, er hatte keine Ahnung von dem Mord an Palmer. Seine Mutter wollte ihn schützen. Sie hat den Mann umgebracht, der ihren Sohn hätte verraten können.

Wenn Sie es sich genau überlegen, muß es die Mutter gewesen

sein. Sie hatte den Revolver aus Deseres Schlafzimmer entwenden können. Und sie war die einzige, die ein starkes Mordmotiv hatte.
Während des Streits mit Ihnen, Dutton, hat sich Hedley verraten. Er ist in Deseres Schlafzimmer gerannt, weil er nach einem Nylonstrumpf suchte. Wenn er einen in die Hand bekommen hätte, hätten Sie Ihr blaues Wunder erlebt.
Ich habe darüber nachgedacht, warum er wohl ins Schlafzimmer gerannt ist, und bin dabei auf die richtige Spur gestoßen.«
Dutton schüttelte den Kopf. »Ich kann es immer noch nicht fassen, daß ich wieder frei bin.«
»Nur um das Mädchen, das Sie lieben, zu beschützen und mit einem Riesenvermögen zu überraschen, haben Sie ja auch alles getan, um ins Gefängnis zu kommen«, erklärte Mason. »So, und jetzt schreiben Sie mir einen Scheck über fünftausend Dollar aus für mein Honorar und Drakes Spesen. Und dann sausen Sie zu Desere Ellis, sagen ihr, daß Sie sie lieben, und bitten sie um ihre Hand.«
»Das«, erklärte Dutton, »ist vermutlich der beste Rat, den ich je bekommen habe.«

ENDE